तेरी मेरी कहानी है।

एक अद्‌भुत प्रेम गाथा

दो पल के जीवन से.....एक उम्र चुरानी है

अतुल प्रभा

notionpress.com

INDIA · SINGAPORE · MALAYSIA

Notion Press Media Pvt Ltd

No. 50, Chettiyar Agaram Main Road,
Vanagaram, Chennai, Tamil Nadu – 600 095

First Published by Notion Press 2021

ISBN 978-1-68538-918-5
HC: 979-8-89544-355-2

समर्पण।

मेरी पत्नी प्रभा को सादर समर्पित।

"बाकी बातें बाद में करेंगे दिल खोल कर,

...जब मिलेंगे!"

खुसरो पाती प्रेम की बिरला बाँचे कोय।

वेद, कुरान, पोथी पढ़े, प्रेम बिना का होय!!

– (अमीर खुसरो)

आभार।

स्वर्गीय जनप्रिय लेखक ओमप्रकाश शर्मा जी का आभार जिनके उपन्यासों को पढ़कर मैं बच्चे से आदमी और आदमी से इंसान बन पाया।

अपनी पत्नी प्रभा का आभार जिसने मुझे इस नश्वर दुनिया में रहते रहते ही स्वर्ग की अनुभूति करा दी।

लखप्रती लेखक सत्य व्यास जी का आभार जिन्होंने मेरी आधी अधूरी पांडुलिपि पढ़कर कहा,"लिखो!"

नीलम जासूस कार्यालय के अध्यक्ष और मेरे मित्र सुबोध भारतीय का आभार जिन्होंने मेरी पांडुलिपि पढ़ कर कहा, "ऐसे नहीं, ऐसे लिखो।"

अंत में, लेकिन सबसे अधिक और सबसे महत्वपूर्ण, अपनी माताजी का आभार इस संसार के दर्शन कराने के लिए और इतने साल अपने स्नेह से मुझे जीवित रखने के लिए।

आप सभी पाठको का आभार मेरी इस यात्रा का साथी बनने के लिए।

क्रम सूची।

1.	अंत का आरम्भ।	9
2.	अतीत की यादें।	14
3.	वर्तमान!	24
4.	दिल्ली से पुणे!	27
5.	तीखी धूप।	36
6.	पिया बसंती।	42
7.	प्रेम और जीवन संघर्ष!	47
8.	धरम करम।	54
9.	यात्राएं और जीवन के पल!	59
10.	पुणे से वापिस दिल्ली।	64
11.	सच्चा मित्र।	67
12.	जीवन की भागदौड़।	69
13.	तू है तो दुनिया कितनी हसीन है।	75
14.	जी का जंजाल।	77
15.	धोखा, लालच, फरेब, मकड़ जाल।	83
16.	दरबदर।	86
17.	प्रेम की पराकाष्ठा।	89
18.	आहट।	94

19. महामारी की दूसरी लहर। 98

20. कहर टूटा। 102

21. अफरा तफरी। 106

22. युद्ध के हथियार। 109

23. युद्ध का आरंभ। 114

24. हस्पताल में पहला हफ्ता। 118

25. हस्पताल में दूसरा हफ्ता। 124

26. नन्हे फरिश्ते। 134

27. जून की तपिश और प्रभु की लीला। 136

28. जप तप। पूजा पाठ। ज्योतिष। 144

29. काली घटा। 150

30. उम्मीद अभी बाकी है। 158

31. पत्थर का दिल। 160

32. कयामत के दिन। 166

33. जीने की राह। 171

34. तेरे नाम। 175

35. ऐसा देश है मेरा। 180

36. तुम मुझे यूं भुला ना पाओगे। 183

1. अंत का आरम्भ।

"जिंदगी एक सफर है सुहाना!
यहां कल क्या हो, किसने जाना!"

बकौल शायर:

"इब्तिदा-ए-इश्क़ है रोता है क्या
आगे आगे देखिए होता है क्या!"

दिन: 9 मार्च, 2020
स्थान: वुर्म्लिंगेन, जर्मनी

होटल का कमरा बंद कर मैं बाहर आ गया!
मिस्टर मार्टिन प्रतिदिन की तरह मुझे दरवाजे पर लेने आने ही वाले होंगे!
घडी में देखा, सुबह के 8.45.
सामने से आती रश्मि रेम्भोत्कर को देख कर तसल्ली हुई!

"हेल्लो, सर आप अभी आये क्या?"

"बस अभी।"

रश्मि की सदा बहार मुस्कुराहट को देख कर वैसे भी सुकून मिल जाता है!
जब वो काम से घबराती है तो ज्यादा मुस्कुराती है!

जर्मनी की वो सुबह एक सामान्य सुबह थी मेरे जीवन में!
खुशनुमा, ताज़ा!
प्रभा की तरह!

मार्टिन आये! वाईस प्रेसेडेंट फ़िनांस!
बीएमडब्ल्यू का स्वचालित दरवाजा खुला!
मैं हमेशा की तरह हाथ से बंद करने लगा!
रश्मि और मार्टिन प्रतिदिन की तरह मुस्कुराये!
मैं बाहर देखने लगा!

मैने मन ही मन मुस्कुराते हुए सोचा, "ऑटोमोबाइल क्षेत्र में बारह साल काम किया है, कब रुचि लूंगा ऑटोमोबाइल में!"
मार्टिन ने पूछा "भारत में सभी मास्क लगा रहे हैं क्या तुम दोनो की तरह?"
हमें पता था वो हमारा मज़ाक उड़ा रहे हैं!
अब रश्मि भी बाहर देखने लगी!
जर्मन भू दृश्य रमणीय था!
काली मिट्टी की रंगत लिए हुए छोटे छोटे पहाड़ और इनपर गहरे हरे रंग के वृक्षों की चादर।

सारा दिन कम्पनी में सालाना बजट बनाते गुज़र गया! रश्मि ने सदा की तरह मुझे कुछ नहीं करने दिया!
"सर आप बस बताते रहो!" वो एक्सेल वर्कशीट पर काम करती रही!

मै सोचता रहा! पुणे, दिल्ली, घर, बच्चे, प्रभा!
16 मार्च को पुणे, 17 मार्च को बच्चो की परीक्षा समाप्त और बस 18 मार्च को प्रभा दिल्ली से पुणे आ जाएगी! और फिर 25 मार्च 2020 को हम दोनो वापिस दिल्ली।

फिर एक हफ्ते की छुट्टी!
यही तो होना है।
कौन सी आफत आनी है!
पर आनी तो थी ही, बस मैं जानता नहीं था!

(45 confirmed cases for COVID 19 in India. Ref: The Hindu Net Desk, 9 March, 2020)

दिन: 14 मार्च की सुबह!
वही स्थान: वुर्म्लिंगेन, जर्मनी

बहुत सुबह 5 बजे!

पुणे ऑफिस के यात्रा विभाग से फोन!
"सर, आपकी कल की फ्लाइट कैंसल हो गई है! कोरोना की वजह से बहुत सारी फ्लाइट कैंसल हो रही हैं! आप कहें तो आपकी फ्लाइट आज की करा दें? वो भी कनेक्टिंग मिलेगी! ज्यूरिख से ओमान, वहां से मुंबई!"

मैं रश्मि के कमरे की तरफ भागा!
उसने आंखें मलते हुए दरवाजा खोला!
"सर इतनी सुबह?"
मैने समस्या बताई, समाधान भी!
वो घबरा गई! बोली "ओमान?"
मैने कहा, "अभी सोचो मत! समान बांधो!"

मैने फ्लाइट कन्फर्म की!
मिस्टर मार्टिन को फोन लगाया!
समस्या सुनकर वह बोले, "आप दोनो जाने की तैयारी कीजिए, मैं एयरपोर्ट के लिए कार भेजता हूं!"

रश्मि बहुत घबरा गई थी!
पहली बार बिना काम के दबाव के!

फेस मास्क, फेस शील्ड, रबर ग्लव्स!
हम दोनो जुरीख एयरपोर्ट पर सबसे अलग लग रहे थे!

जुरिख एयरपोर्ट स्विट्जरलैंड में था पर जर्मन ऑफिस से पास पड़ता था। ऑफिस से एयरपोर्ट का कार से केवल दो घंटे का रास्ता था।
एयरपोर्ट पर पहुंच कर पहली बार मैंने देखा कि स्विट्जरलैंड का यह अत्यंत व्यस्त रहने वाला एयरपोर्ट कभी इतना वीरान भी हो सकता है?

परंतु यह अति विशेष परिस्थिति थी।
कोरोनावायरस तेजी से पूरे विश्व में फैल रहा था।
लगभग पूरे विश्व के विमान अब अपने हैंगर्स में ही रहने वाले थे।

उस दिन शायद वो अंतिम उड़ान थी इस देश के बाहर जाने वाली!
कायदे से मुझे डर लगना चाहिए था।
पर मुझे डर नहीं लगा!

यह ओमान एयर की फ्लाइट थी।
ओमान एयर मैने पहली बार देखी थी!
विमान के अंदर मिला हिंदुस्तानी शुद्ध शाकाहारी भोजन आनंददायक था!
ओमान एयरपोर्ट से पहले ओमान का विशाल रेगिस्तान!
समुद्र किनारे एयरपोर्ट था!
मैं पहली बार किसी अरब देश में उतरा था!
रोमांचित था, सदा की तरह!
नया देश देख कर मुझे आनंद आता था!
उतरकर लगा शायद इससे अधिक वीरान और रेगिस्ताने में कोई और एयरपोर्ट नही हो सकता!
तेज चमकीली धूप शीशे की दीवारों से आ रही थी!

परंतु हमें पता था कि यह साधारण परिस्थिति नही है। हमारा उद्देश्य जल्दी से जल्दी भारत पहुंचाना था। समय बहुत धीरे चलता महसूस हो रहा था। हमें लग रहा था पता नही कब मुंबई पहुंचेंगे!

ओमान से मुंबई की फ्लाइट एक दुस्वप्न की तरह निकली!
कहीं छूना नही था! बाथरूम जाना हम दोनो ने सिरे से खारिज कर दिया था!
वायरस का डर था!

जैसे ही हम मुंबई में विमान से बाहर आए, रश्मि के पीछे आ रही एक बुर्के वाली महिला ने जोर से छींका!
रश्मि से रहा नही गया! वो बहुत तनाव में थी!
चिल्लाकर बोली, "अक्ल नहीं है क्या?"

मैं रश्मि को खींचता हुआ चेक आउट तक ले गया! एयरपोर्ट पर पहली बार टेंपरेचर गन का प्रयोग हो रहा था। कोरोनावायरस का एक खास लक्षण था बढ़ा हुआ शारीरिक तापमान। इस गन के माध्यम से बाहर से आने वाले सभी यात्रियों का एक एक करके शारीरिक तापमान नापा जा रहा था। जिस यात्री का तापमान बढ़ा हुआ मिलता उसे अगली वायरस जांच के लिए अलग विभाग में ले जाया जाता था।

मेरा और रश्मि का टेंपरेचर सामान्य निकला।

हम मुंबई एयरपोर्ट से बाहर निकल कर ऑफिस की कार में बैठ गए जो हमें अपने घर पुणे ले जाने वाली थी।

अभी कार रास्ते में लोनावाला तक पहुंची ही थी कि ऑफिस से प्रबंधक का फोन आ गया!

"सर दो हफ्ते का क्वारेंटाइन रहेगा आप दोनो का!"

रश्मि सुन कर भड़क गई!

बोली, "सर मैं अपने बेटे के पास नही जाऊंगी घर पर तो कहां जाऊंगी?"

वो ज़ोर से रोने लगी!

मैने डायरेक्टर को फोन किया!

मैने उनसे रश्मि के पास के सबसे अच्छे होटल में रहने की स्वीकृति ली!

पर रश्मि के आंसू बहते रहे!

रश्मि को उसके घर के पास के होटल में छोड़कर मैं अपने फ्लैट में पहुंचा।

पुणे के फ्लैट में मैं तो अकेला ही रहता था!

सामान रखा, सो गया!

दो दिन के बाद प्रभा आ जायेगी! एक हफ्ते यहां हम दोनो रहेंगे! फिर एक हफ्ते की छुट्टी लेकर दिल्ली में मां और दोनो बच्चों के साथ रहूंगा!

चैन की नींद आई!

जेट लेग नहीं था मुझे।

2. अतीत की यादें।

करोगे याद तो... हर बात याद आयेगी।
गुज़रते वक़्त की... हर मौज ठहर जायेगी।

समय: जनवरी, 1976
स्थान: शिवाजी पार्क, दिल्ली!

पिता हृदयाघात से आज ही गुजरे हैं!
मैं अभी छह साल का ही हूं!
मां से ज़िद कर रहा हूं कि नए कपड़े पहनूंगा!
इतने मेहमान जो आए हैं!
मां सब माताओं को तरह महान है!
नए कपड़े मुझे पहना देती है!

मौसम बदले, इलाके बदले, स्कूल बदले, कॉलेज बदले! नही बदला तो सिर्फ निष्कलंक मन!
मां के आंचल से बंधे अगले बहुत से साल तेजी से बीत गए!
गरीबी है पर कोई माने तब ना!
पढ़ाई, ट्यूशन पढ़ाना, क्रिकेट, दोस्त, कॉमिक्स, उपन्यास!
कभी कभी दो व्यवसायिक डिग्री परीक्षाओं के मध्य छोटी सी नौकरी!

कठिन दिन थे पर बीतते गए!
करीब 20 साल से ज्यादा का समय संघर्ष में बीत गया। वित्तीय क्षेत्र में मेरी व्यवसायिक डिग्री पूरी हुई! वो दिन मां और मेरे लिए सबसे बड़ी खुशी का दिन था!
दोनो रोते रहे! खुशी के आंसू!

समय: 1999
स्थान: दिल्ली और आसपास!

*खुसरो दरिया प्रेम का, उल्टी वा की धार।
जो उतरा सो डूब गया, जो डूबा सो पार।।"
(अमीर खुसरो)

प्यार हवा में था!
अब तक के 28 साल में महिला मित्रों से एक अनकही दूरी थी!
बीच में कौन था?
कठिन व्यवसायिक डिग्री और देश की बेरोजगारी की समस्या!

वो नब्बे का दशक था!
ग्लोबलाइजेशन तकनीकी भाषा में हुआ था पर धरातल पर बेरोजगारी अपने चरम पर थी!
रही सही कसर आरक्षण आंदोलन ने पूरी कर दी थी!
ऐसे में हम जैसों के लिए प्यार विलासिता था!
पर कभी कभी न चाहते हुए भी थोड़ा बहुत हो जाता था!

ऐसी ही एक छोटी सी विलासिता से मैं बाहर निकला था!
सुंदर, सीधी, मैथ्स ऑनर्स करने वाली लड़की!
लगभग मेरी ही तरह अपने काम से काम रखने वाली।
पर क्योंकि वो भी मेरी तरह थी तो उसे भी ये विलासिता लगा!
शुरू होते ही दोनो का दिल टूट गया!
अच्छे बच्चों की तरह हम दोनो अपने अपने संघर्ष में वापिस चले गए!
दोनो का दिल टूटा था!
पर दोस्ती कायम रही।

नई सदी के कगार पर खड़े 1990 के दशक में प्यार का कोई अवसर ही नही था! परंतु बंगला उत्कर्ष साहित्य पढ़कर और ओमप्रकाश शर्मा जी के सामाजिक उपन्यास पढ़कर, मैं एक आदर्श रूप में 21वी सदी में प्रवेश करने की जुर्रत करना चाहता था!

अवसर दिया प्रभा ने!

प्रभा का भाई एक दिन चलती फिरती लाइब्रेरी में मिला। यह सरकारी लाइब्रेरी एक बस में बनी होती थी जो निश्चित दिन और निश्चित समय पर आपके क्षेत्र में आती थी। कुछ मेल न होते हुए भी हम आपस में मित्र बन गए!

एक दूसरे के घर आना जाना हो गया!

प्रभा को पहली बार उसके भाई राघव के घर ही देखा!

सामान्य सी भेंट थी।

प्रभा ने दरवाजा खोला, मैने कहा "राघव?"

उसने कहा, "अभी बाहर गए हैं!"

और दरवाजा बंद कर लिया!

मुझे कुछ अच्छा नही लगा।

राघव तब तक मेरा परम मित्र बन चुका था।

1999 की जनवरी में ही राघव ने हमें अपने गांव निमंत्रित किया! अपनी सगाई पर! जो आगे चलकर उसकी बर्बादी का आधार बनी पर मेरी दुनिया आबाद कर गई।

राघव। तुम्हारा आज भी मैं अत्यंत आभारी हूं!

जब तक सांस हैं, आभारी रहूंगा!

मैने उस शानदार जनवरी की सुबह गांव में कार से प्रवेश किया! अपितु कार मेरी नही थी!

अभी घर का रास्ता ढूंढ ही रहे थे कि प्रभा अपनी भाभी के साथ गांव के कच्चे रास्ते से आती दिखाई दी!

जैसे सूरज की रोशनी दुगनी हो गई!

शरतचंद्र की नायिका साकार हो गई!

साधारण सा गुलाबी सूट!

गुलाबी सी ही काया।

धवल दंत पंक्ति!

उसपर स्वच्छ पावन मुस्कान!

एक तेज था उसके चेहरे पर।

मेरे दिल में एक चुभन हुई!
सारी दुनिया चमकती हुई लगने लगी!
लगा सब रास्ते यहां पर खत्म हो जाते हैं मेरे!
उसने अपने घर का रास्ता बताया!
मुझे अपनी जिंदगी का जैसे रास्ता मिल गया!
मां बोली, "कितनी अच्छी लड़की है!"
मैने सुना पर मेरा ध्यान कहीं और था!

सगाई उत्सव आरंभ हुआ!
मैं कुर्सी पर बैठाया गया!
नीचे दरी भी बिछी हुई थी!
अपने काम निपटाकर प्रभा अपनी सहेली के साथ आई और नीचे दरी पर बैठने लगी!
दरी काफी खराब हालत में थी!
मैने अपना रुमाल निकाल कर दिया नीचे बिछाने के लिए!
मुस्कुराहट! प्रभा ने शालीनता से मना कर दिया!
मैं भी मुस्कुरा दिया।
रुमाल वापिस जेब में रख लिया।

राघव के सगाई उत्सव के बाद हम दिल्ली वापिस आ गए!
शरीर का धड़कने वाला भाग उस दिन वहीं रह गया था!

शायद दो ही महीने बाद राघव का विवाह था, बुलंदशहर, उत्तर प्रदेश में!
मैं खास दोस्तों में था उसके!
एक बस गई दिल्ली से शादी में जिसमे सिर्फ कुछ खास दोस्त और पड़ोसी ही थे! लगभग आधी बस खाली थी! मैं अपने पसंदीदा ट्वीड के कोट और जींस में था! प्रभा से मुलाकात होनी थी इसलिए उत्साहित था!

वो शाम मेरे जीवन की यादगार शाम बन गई है!
प्रभा साड़ी में आई! नारंगी सिल्क की साड़ी और सफेद ब्लाउज! वही धवल दंत पंक्ति और निर्मल अनमोल मुस्कान! सादगी की मिसाल!

प्रभा के साथ उसकी सहेली माया थी! उसी की तरह निर्मल, परंतु श्याम सुंदर! दोनो को साथ देखो तो शीतलता का अहसास हो! सूर्य और चंद्र की अद्‌त जोड़ी!

विवाह का आयोजन था तो अत्यंत सादा पर पहली बार उसने श्रृंगार किया था!
उम्र और अवसर था तो दोनो सहेलियां थोड़ी चुलबुली भी थीं आज के दिन!
मेरे बारे में भी छुप छुप कर इशारे हो रहे थे पर मुझे आज तक उन्होंने कभी बताया नहीं की क्या!

हम तीनो थोड़े घुल मिल गए! बातचीत की, और एक जगह बैठ गए।

अब मुझे प्रभा के व्यक्तित्व को जानने का अवसर मिला। वो संस्कृत भाषा में स्नातक थी। उसे अपनी संस्कृति पसंद थी। उसको सादी जीवनशैली पसंद थी। उसका पूरा व्यक्तित्व मेरे व्यक्तित्व के समान ही था। बातचीत लंबी होती गई और बातचीत के दौरान कई बार मुझे उसकी कही बातें चौंका दे रही थी। मेरी तरह उसे भी सिर्फ मानवीयता के बारे में सोचना पसंद था। भौतिक वस्तुओं में उसकी मेरी ही तरह कोई रुचि नहीं थी। मैं उसके व्यक्तित्व को बहुत जल्दी और पूर्णता से समझ पा रहा था। मेरे और उसके विचार बौद्धिकता की तरफ ही अग्रसर हो रहे थे। सच्चाई यह थी कि जैसा मेरा अनुमान था उसके व्यक्तित्व के बारे में, उसका व्यक्तित्व उस से कहीं अधिक ज्ञान से परिपूर्ण, सौम्य और समृद्ध था। प्रभा एक ऐसा हीरा थी जिसे पहचानने के लिए जौहरी होने की भी जरूरत नहीं थी।

बात करने का उसका एक विशिष्ट अंदाज था। उसकी बात में एक ठहराव था। चेहरे पर एक आत्मविश्वास था जो ज्ञान से निकलता है। कम से कम शब्दों में वो गहरी बात आसानी से कह जाती थी। मैं उसके व्यक्तित्व से अत्यंत प्रभावित हुआ। उसकी शुद्ध आत्मा की एक झलक मुझे दिख गई थी।

विवाह में माया ने कई बार इसरार किया कि मैं राघव का अच्छा दोस्त होने के नाते दूल्हे की घोड़ी के आगे थोड़ा नाचूं, पर मुझे नाचना नही आता था। मैने साफ मना कर दिया! मुझे क्या पता था कि प्रभा नाचने में खुद भी निपट अनाड़ी है। बाद में पता चला।

रात के खाने पर मैं, माया और प्रभा एक साथ एक टेबल पर बैठे। मैं अपने अनुभव से यह बात जानता था कि गांव में ऐसा चलन नहीं होता है। मैं लगभग अंजान ही था उस परिवार के लिए और प्रभा के लिए पर ऐसा लग रहा था प्रभा के निर्णय पर सभी सरलता से हामी भर लेते होंगे। मुझे पता नहीं क्यों ऐसा लगा कि प्रभा को भी मेरा

साथ पसंद आ रहा है। मुझे अत्यंत प्रसन्नता थी इस बात से कि प्रभा को अपने सही गलत के निर्णय पर पूर्ण नियंत्रण था। हम तीनो जब खाना खा रहे थे तो राघव स्वयं एक फोटोग्राफर को वहां ले आया। उसने हम तीनो का खाना खाते हुए फोटो लिया। वो चित्र न सिर्फ मेरी अलमारी में आज तक सुरक्षित है बल्कि मेरे दिल में भी आज तक छपा हुआ है।

रात को बस चलने का समय हुआ तो मुझे समझ आया कि मैं क्या छोड़ कर दिल्ली जाने वाला हूं!

विदाई के समय प्रभा अपने बड़े भाई के साथ खड़ी थी! बस में वापिस दिल्ली जाने वाले बरातियों में मेरे अलावा उनके और भी परिचित व्यक्ति थे। उन सब को औपचारिक रूप से विदा किया जा रहा था।

मैं उसे ध्यान से देखने लगा! गोरा गेहूंआ रंग, साफ चमकती गर्दन! कान में चमकती सोने की साधारण सी बाली! सफेद ब्लाउज, गले में साधारण सी सोने की माला! एक कड़ा याद है जो बहुत बड़े आकार का था और गोरी कलाई पर बहुत अच्छा लग रहा था!

मुझे लगा कोई देवकन्या है!

अगर मैं इसको खो दूंगा तो जिंदगी खो जायेगी!

मेरा सोचना बिलकुल सही था!

मैने अपनी जिंदगी को पा लिया था!

जीने की राह अब मिल गई थी!

जब विदा लेकर मैं बस में वापिस बैठा तो घर पहुंचने की जल्दी थी! मां से प्रभा के बारे में बात जो करनी थी!

मैं अब विवाह करना चाहता था! कल तक विवाह का अभी कोई इरादा नहीं था। आज अचानक था। मुझे वैसे अपने विवाह कि कोई जल्दी नहीं थी परंतु इस बात की अधिक चिंता थी कि कहीं में प्रभा को अपने जीवन में लाने में कोई विलंब न कर दूं।

पर इससे पहले मुझे अपने मित्र राघव की अनुमति लेनी थी और उसके बाद प्रभा से उसकी मर्ज़ी पूछनी थी!

बहुत काम था!

अगली सुबह सबसे पहले मैं राघव के घर पहुंचा दिल्ली में!
वो हैरान परेशान सा बैठा था।
कल ही उसका विवाह हुआ था!
सुबह डोली लेकर आया था।
आंखों में नींद भरी हुई थी!
मुझे देख कर राघव थोड़ा प्रसन्न हुआ थोड़ा आश्चर्यचकित।
मैने सीधा ही कहा,"मुझे प्रभा से विवाह करना है।"
उसे समझने मैं कुछ समय लगा।
कुछ पल बीते।
फिर वो मुस्कुराने लगा।
ट्यूबलाइट जल गई।
बोला, "सर जी मोस्ट वेलकम।"
मैने कहा, "पहले प्रभा से मुझे पूछना है।"
उसने कहा, "ठीक है। मैं प्रभा को गांव से बुला लेता हूं!"
उसे वैसा ही छोड़कर मैं वापिस आ गया।
मुझे विश्वास था आगे का काम वो कर लेगा!

कुछ दिन बहुत व्यग्रता से व्यतीत हुए।
न दिन को चैन। न रात को आराम।
क्या इस प्रेम कहानी का सही आगाज़ हो पाएगा?

मैं सोचने लगा कि आज तक इतना अच्छा महसूस नहीं हुआ किसी के बारे में सोचकर।
स्कूल, कॉलेज, लाइब्रेरी हर जगह मेरी मुलाकात कई लड़कियों से हुई। आकर्षण भी दो चार दफा हुआ। दोनो तरफ से हुआ।
परंतु इतनी शांति और इतनी व्यग्रता कदाचित कभी एक साथ महसूस नहीं की थी।
मुझे पहली बार अहसास हुआ था कि प्रभा नहीं तो कोई नहीं।

मैं उसकी छवि को अपने मस्तिष्क से हटा ही नही पा रहा था। उसका शांत व्यवहार, स्मित मुस्कान, चमकता हुआ चेहरा, शालीन पहनावा। इन सब के अलावा एक दैवीय तेज था जो उसकी काया से निकलता था। उसके जीवन के बारे में विचार कितने स्पष्ट और मानवीय थे।

सवाल उठता है कि एक स्त्री की समाज में क्या और कितनी भूमिका है। उत्तर सीधा नहीं है। इसको परत दर परत समझना चाहिए। समाज के सिर्फ दो ही मुख्य घटक हैं। स्त्री और पुरुष। तो स्त्री आधा समाज तो स्वयं ही है। परंतु बात यहीं तक नहीं है आगे भी है। स्त्री के शरीर में एक बालक को नौ महीने तक रखने और विकसित करने की क्षमता है। यह पुरुष के शरीर में नहीं है। स्त्री के शरीर की इस क्षमता के अलावा उसके मन की क्षमताएं तो इससे भी अधिक विशाल हैं। स्त्री अपनी संतान के लिए सब कुछ सह सकती है। मानसिक पीड़ा भी और शारीरिक पीड़ा भी। वह इस बालक के हृदय में मानवीय गुण और कोमल भाव भरती है। पूरे परिवार की अगर कोई धुरी है तो वह मां है। स्त्री का ही एक रूप। उधर अपने स्वयं के माता पिता के लिए स्त्री एक देवी का वरदान है। दूध की तरह पवित्र। अपने पति या प्रेमी के लिए वह एक शक्ति है। उस पुरुष की उन्नति की प्रेरणा। उसकी समृद्धि का मार्ग। उसकी शक्तियों को एकत्रित करके उसके लक्ष्य की तरफ बढ़ाने का मार्ग। परंतु बात यहीं तक नहीं है। स्त्री स्वयं में भी एक पृथक वेग है। वह नदी की तरह बहती रहती है और जाने कितने प्राणियों को तृप्त करती है अपनी पावन जल राशि से। स्त्री को पुरुष बनने की इच्छा नहीं होती। वह जानती है कि वह पुरुष से अधिक शक्तिशाली है। परंतु स्त्री कभी ऐसा प्रकट कर झूठा गर्व नही करती है। वह जरूरत पड़ने पर अपने आपको साबित करती है। पुरुष को पुरुषार्थ सिखाने की पाठशाला है स्त्री। प्रकृति का एक अभिन्न अंग है स्त्री। प्रभा भी एक ऐसी ही शक्ति थी।

आखिर वो दिन भी आया।

मैं, प्रभा और राघव, पीतमपुरा के एक नए खुले आधुनिक रेस्तरां में बैठे थे। मैं अपनी RX 100 यामाहा पर आया था। राघव प्रभा को लेकर कावासाकी बजाज KB 100 पर।

टेबल पर बैठकर राघव थोड़ी देर में हमें बात करने का मौका दे कर चला गया।

इस तरह की परिस्थिति में हम दोनों पहली बार थे। दोनो को कुछ सूझ नही रहा था कहां से बात शुरू करें। बात मुझे ही आरंभ करनी थी। थोड़ी औपचारिक तौर पर बात शुरू की। परंतु थोड़ी देर में ही हम खुल कर अपने विचारों का आदान प्रदान करने लगे।

मुझे प्रभा को अपने सामने बैठे देखना अत्यंत आनंददायक और शांतिदायक लग रहा था।

मैं चाहता था हम ऐसे ही उम्र भर बैठे रहें।

फिर अचानक मुझे लगा राघव अब कभी भी प्रभा को लेने वापिस आ सकता है। अगर मैने प्रभा को अपना प्रस्ताव नहीं बताया तो फिर कुछ हफ्ते और व्यर्थ हो जायेंगे।

"प्रभा मैं तुम्हे बहुत पसंद करता हूं और तुम से विवाह करना चाहता हूं। अगर तुम्हे स्वीकार हो तो।" समय बचाने के लिए मेरे पास सीधा बोलने के अतिरिक्त कोई रास्ता नहीं था।

प्रभा ने मुझे मुस्कुराते हुए देखा।

मेरी दिल की धड़कन रूक गई।

क्या मेरी किस्मत खुलेगी?

प्रभा ने दृष्टि झुकाए हुए मुस्कुरा कर कहा "राघव भैया जो कहेंगे।"

मैं तब समझ नही पाया कि देवकन्याएं किस प्रकार अपनी मर्यादा में रहकर सब कुछ कह जाती हैं।

मैं कुछ और कहता इस से पहले राघव वापिस आ गया।

"हो गई तुम्हारी बातें।" वो हंसकर बोला।

हम दोनो मुस्कुरा दिए।

मैं संतुष्ट था कि अपने दिल की बात प्रभा को बता पाया।

शीघ्र ही एक अवसर देख कर मैंने मां से बात की।

मां ने सुना, इनकार कर दिया।

मुझे पता था मां को राघव की सगाई में प्रभा पसंद आई थी। फिर मां क्यों इनकार कर रही थी आज?

मैने मां को दोबारा संतुष्ट करने का प्रयास किया।

"मां मुझे पूरा भरोसा है कि वो आपको पूरा सम्मान और सुख देगी।" मैने कहा।

मां ने दूसरी बार मना कर दिया।

मैं समझ नही पा रहा था की मां क्यों इस रिश्ते को हां नही कर रही है?

मैं दिलफेक इंसान कभी भी नहीं था। पहली बार ही मां को अपनी पसंद बताई थी। प्रभा हमारी ही जाति से थी। जात पात की संकीर्णता का भी भाग्य से कोई मसला नहीं था।

परंतु मैं मां को दुखी नहीं करना चाहता था।

"ठीक है। मेरे अनुसार तो प्रभा हमारे घर के लिए अति उत्तम है। पर आप को नही स्वीकार है तो मैं ज़िद्द नहीं करूंगा।" टूटे दिल से मैने कहा।

मैं पहली बार जी भर के रोया बाहर जाकर।

प्रभा में ऐसा कुछ था जो कह रहा था कि वो अनमोल है। उसको खोना पारस पत्थर को खोने के जैसा है। मेरे मन को भी पता था कि यह वो साथी है जो सात जन्म के लिए किस्मत वालों को ही मिलता है।

मैं अपनी बाइक पर साउथ दिल्ली अपनी नौकरी पर रोता हुआ जाता। हेलमेट सड़क के साथियों से मेरे आंसू छिपा लेता। दफ्तर का काम चुपचाप पूरा करता। रोते हुए वापिस ऐसे ही आता। मां को मैं दुखी नहीं करना चाहता था।

मां के सामने सामान्य व्यवहार करता जैसे मुझे कोई फर्क नहीं पड़ता। मां का मैं सम्मान करता था। उन्होंने अपनी 32 साल की उम्र में अपने पति को खो दिया था। मुझे, बड़ी बहन और बड़े भाई को अच्छे से संभाला था। उन सारी समस्याओं का सामना किया जो ऐसी परिस्थितियों में सामने आती ही हैं। बड़े भाई को पिताजी के सरकारी दफ्तर में नौकरी दिलाने के लिए वो दर दर भटकी। उसे अपनी नौकरी दे दी जो उन्हे उस दफ्तर में मिल सकती थी। बड़ी बहन को पढ़ाया, उसका अच्छी जगह विवाह किया। मुझे भरपूर प्यार दिया। पढ़ाया, कुछ ज्यादा ही पढ़ाया।

ऐसी मां का मैं दिल कैसे दुखा सकता था? प्रभा के लिए? नहीं प्रभा के लिए भी नहीं।

पर प्रभा के बिना मैं कैसे जी सकता था?

"कुछ समाधान ढूंढना ही पड़ेगा अब।" मैने अपने आप से कहा।

"खुसरो बाजी प्रेम की मैं खेलूँ पी के संग।
जीत गयी तो पिया मोरे हारी पी के संग।।"

3. वर्तमान!

18 मार्च, 2020

स्थान: ब्लूरिज, पुणे

आज पुणे की सुबह शानदार थी मेरे लिए।

प्रभा दिल्ली की फ्लाइट से मुझसे मिलने पुणे आने वाली थी! एक हफ्ता हम साथ रहेंगे, महकेंगे और फिर एक हफ्ते बाद 25 मार्च को साथ साथ दिल्ली अपने घर की फ्लाइट पकड़ेंगे।

मैं पिछले दो महीने में श्रीलंका और जर्मनी की दो लगातार व्यावसायिक यात्राओं से थक गया था।

इधर दोनो बेटियों की सालाना परीक्षाएं समाप्त हो गई थी दिल्ली में। बेटियां अपनी बुआ के पास दिल्ली में ही छुट्टी बिताने रुक गईं थीं। मां भी उनके साथ थी। बस एक हफ्ते की तो बात ही थी।

शाम को चार बजे प्रभा अपनी यात्रा की सदाबहार पोशाक में कार से उतरी। जींस और टॉप (साथ में स्कार्फ)।

हमेशा की तरह मेरे उपन्यास की नायिका।

शीतल, मंद, सुगंधित।

वही मुस्कुराती हुई उसकी स्थाई पहचान।

खिला हुआ चेहरा।

“सफर कैसा रहा?” मैने उसका बैग कार से उतारते हुई पूछा।

“फर्स्ट क्लास” ऐसी मुस्कान जो दीवाना बना दे।

लिफ्ट से हम 23 वी मंजिल पर जा रहे थे। विवाह के 21 साल बाद भी हम प्रेमी प्रेमिका ही लग रहे थे।

इस पूरे हफ्ते को हमने जी भर कर जिया।
रात को देर से सोना, सुबह आराम से उठना।
दिन में थोड़ा ऑफिस का काम। शाम को ब्ल्यूरिज का 3 मील का पैदल चक्कर। जी भरकर एक दूसरे का साथ जो हमें सदा से बेहद पसंद था। बहुत सारी चर्चाएं करते हुए और भविष्य की योजनाएं बनाते हुए समय जैसे भागा जा रहा था।

हम नही जानते थे कि वैश्विक महामारी का अनुभव क्या होता है।
हम तब यह भी नहीं जानते थे कि ये सिर्फ चीन, इटली, ईरान की समस्या नहीं है। यह अब भारत की समस्या बनने वाली थी।

मेरी और मेरे परिवार की समस्या।
प्रभा की समस्या।

25 मार्च, 2020
स्थान: पुणे, ब्लूरिज।

(देश में कोरोना वायरस के संक्रमितों की संख्या 600 के पार पहुंच गई है। इस बीच प्रधानमंत्री नरेंद्र मोदी ने कहा है कि कोरोना वायरस से लड़ाई जीतने में 21 दिन लगेंगे। सोर्स: न्यूज डेस्क, अमर उजाला, 25 मार्च, 2020)

बकौल शायर:

"आदमी को चाहिए वक्त से डर कर रहे...
कौन जाने किस घड़ी वक्त का बदले मिजाज़।"

मैने सुबह उठ कर प्रभा को बुरी खबर सुनाई।
"लॉकडाउन का ऐलान होते ही सब डोमेस्टिक फ्लाइट कैंसल हो गई हैं! अब दिल्ली वापिस जाने के लिए कुछ दिन इंतजार करना पड़ेगा!"

वो उदास हो गई।
मुझसे ज्यादा समझदार थी। उसे पता था कि और बुरा हो सकता था।

मैं एक अति सकारात्मक व्यक्ति था। व्यवहारिकता की हद से आगे। हालांकि अब सोचता हूं तो लगता है कि व्यवहारिक तो मैं तब भी था लेकिन अपने परिवार पर कोई भारी मुसीबत आयेगी यह बात मैं सोचना ही नहीं चाहता था।

अप्रैल का महीना सावधानी लेते हुए गुजरने लगा। कोविड तब महाराष्ट्र में अपने पंख पसार रहा था।

मैं और प्रभा कोविड के पूरे प्रोटोकाल बरत रहे थे! मास्क पहन कर फ्लैट से निकलना। कम से कम बाहर निकलना। माचिस की तिल्ली से लिफ्ट का बटन दबाना। 70% अल्कोहल वाले स्प्रे से हाथ साफ करते रहना। फल, सब्जी, दूध, ब्रेड, सभी को पहले साबुन से धोना, सुखाना और कई घंटे वैसे ही छोड़ देना।

महामारी से बचे रहने की हर मुमकिन कोशिश जो हम कर सकते थे, कर रहे थे।

4. दिल्ली से पुणे।

"बिन तेरे..
तेरे बिन...
बिन तेरे...
कोई खलिश है हवाओं में बिन तेरे।"

अभी कल की ही बात लगती है। वर्ष 2018 में सिर्फ छह महीने के लिए मैं इस जर्मन कंपनी में आया था। मेरा काम था कि जब तक मुख्य वित्तीय प्रबंधक का चुनाव कंपनी न कर ले मैं इस जगह को संभालूं।

इससे पहले मैं गुरुग्राम में एक फ्रांस की आई टी कंपनी में काम कर रहा था। इस फ्रेंच कंपनी को मैने गुरुग्राम में अपने हाथों से स्थापित करने में भूमिका अदा की थी। मैं इस फ्रेंच कंपनी का मुख्य वित्तीय अधिकारी था।

उस फ्रेंच कम्पनी के साथ दो साल तक सब बहुत अच्छा चला था। फ्रांस, स्विट्जरलैंड, जापान, सिंगापुर, इन सब देशों की खूब व्यवसायिक यात्राएं हुईं। भारतीय इकाई बढ़िया काम कर रही थी। बिक्री बढ़ रही थी, उसके अनुपात में लाभ और तेजी से बढ़ रहा था। सब ठीक चल रहा था। पर कहावत है कि जब सब गाड़ियां आपकी तरफ आ रही हों तो आप गलत लेन में चल रहे होते हो।

मेरा फ्रेंच वित्तीय निदेशक बदला और एक जापानी मूल की वित्तीय निदेशक ने कमान संभाली।

उस जापानी महिला के साथ बहुत सी समस्याएं थीं। हमारे बीच समस्या हर महीने बढ़ती गई। मैने त्यागपत्र दे दिया। मेरे जाने के चार महीने बाद उसे निकाल दिया गया।

छह महीने से कुछ ज्यादा हो गया था मुझे अगली नौकरी ढूंढते हुए। तभी पुणे की इस जर्मन आईटी कंपनी के लिए मेरे मित्र और सहयोगी, जो एक ऑडिटर और वित्तीय सलाहकार फर्म में काम करते थे, उनका प्रस्ताव आया। सिर्फ छह महीने का एक

अनुबंध था कार्यकारी मुख्य वित्तीय प्रबंधक के रूप में। मुझे काम चाहिए था। मैने प्रभा से बात की कि सिर्फ छह महीने के लिए मुझे पहली बार दिल्ली छोड़कर पुणे जाना है। प्रभा को मेरा यह विचार बिलकुल पसंद नहीं आया।

उसने कहा, "आप को इतनी दूर जाने की कोई आवश्यकता नहीं है।"

मैने उसे समझाना चाहा, "पद बहुत अच्छा है। पुणे अच्छी सिटी है। छह महीने की ही तो बात है। सब लोग आते जाते रहना इसी बहाने। छह महीने के लिए सब पुणे भी घूम लेंगे। फिर मुझे काम तो चाहिए ही होगा।"

प्रभा बोली, "आप को काम जल्दी ही दिल्ली में भी मिल जायेगा। आपको काम का अच्छा अनुभव है और आपका व्यवसायिक दायरा भी बहुत बड़ा है। पैसे हमारे पास कम नहीं हैं। आप इतने सालों से अच्छी पोस्ट पर हैं और खर्चा कुछ है नहीं। रही बात घूमने की तो पुणे वैसे भी घूमा जा सकता है।"

मैने फिर अपना पक्ष रखा, "देखो मैंने आज तक दिल्ली से बाहर जाने की नहीं सोची। परंतु दिल्ली के प्रदूषण से दूर भी कुछ दिन रह कर देखना चाहिए। और फिर पहली बार दिल्ली से बाहर जाकर काम करने से बच्चों को भी कुछ सीखने को मिलेगा।"

प्रभा ने एक लंबी सांस भरी। कुछ देर सोचा और फिर बोली, "ठीक है। पर छह महीने बस।"
वह मेरे आधे अधूरे जवाब से पूरी तरह संतुष्ट नहीं थी।

इस प्रकार मैं छह महीने के लिए प्रभा, मां और दोनो बेटियों को दिल्ली छोड़ पुणे आ गया! प्रभा मुझे दिल्ली एयरपोर्ट पर छोड़ने आई। उसकी आंखों में आसूं थे। मैं पहली बार उससे दूर जा रहा था। मेरा मन तो पहले से ही भारी था। पर सिर्फ छह महीने की ही बात थी। मैने अपने आप को तसल्ली दी। परंतु जब प्लेन में बैठा तो मेरी भी आंखें गीली थीं।

"दोस्त बनकर उसको चाहा...
ये कभी सोचा न था..
दोस्ती ही दोस्ती में वो खुदा हो जाएगा।"

पुणे आकर देखा, करने के लिए बहुत काम है। अपनी फाइनेंस टीम को उत्साहित किया, एकजुट किया, और काम शुरू कर दिया। कंपनी का वित्तीय प्रबंधन अच्छी हालत में नहीं था। उसे पटरी पर लाना एक भारी जिम्मेदारी थी।

पुणे एक सुंदर शहर है। पुराने जमाने में सांस के रोगियों को पुणे में स्वास्थ्य लाभ के लिए भेजा जाता था। बाद में यह शहर एक सैनिक छावनी बनता गया और रिटायरमेंट शहर के रूप में विकसित होता गया। 21वी शताब्दी की शुरुआत में कंप्यूटर और आईटी कंपनियों के आगमन से इस शहर को बहुत फायदा हुआ। यह शहर निर्माण कंपनियों के अलावा आईटी कंपनियों की भी पसंदीदा जगह बन गया।

वीर शिवाजी की विरासत का ये मराठी शहर मुझे बहुत पसंद आया। फिल्म ट्रेनिंग संस्थान के अलावा अच्छे स्कूल और कॉलेज के लिए भी पुणे प्रसिद्ध है। कुल मिलाकर भारत के सुंदर और समृद्ध शहरों में से एक।

पहले हफ्ते मैं एक होटल में रुका।

फिर प्रभा को बुलाया दिल्ली से।

कुछ दिन होटल में दोनो ने रहकर किराए के घर देखे।

ब्लूरिज सोसायटी पसंद आई हम दोनो को। हिंजेवाडी में ही दफ्तर था और अब हिंजेवाड़ी में ही घर मिल रहा था। एक हफ्ते से कम समय में हम वहां एक बिल्डिंग के तेइसवें माले (मंजिल को मराठी में आमतौर पर माला बोला जाता है) पर रहने आ गए।

बिल्डिंग के पीछे खेत थे, उसके पीछे एक अच्छी खासी नदी, उसके पीछे पहाड़।

मैं और प्रभा दिल्ली में रहकर ऐसी खूबसूरत दुनिया की सिर्फ कल्पना ही कर सकते थे।

बिल्डिंग के छत पर खड़े होकर हम दूर दूर के हसीन नजारे देखते।

एक दिन मैंने प्रभा से कहा, "यहां हमेशा के लिए रहा जा सकता है।"

वो मुस्कुराई और बोली, "हां। रहा तो जा सकता है।"

सोसायटी में ही इन्फोसिस, टीसीएस के ऑफिस, रेडिसन होटल, डोमिनो, मैकडोनाल्ड और भी बहुत कुछ। ये हमारी नई हॉलीडे डेस्टिनेशन थी अगले करीब 6 महीने के लिए।

प्रभा अब थोड़ी प्रसन्न थी। पर ज्यादा प्रसन्नता उसे तभी मिलती जब मैं वापिस दिल्ली आ जाता।

उसके पास।

परिवार के पास।

हमें एक दूसरे के साथ रहने की बहुत बुरी आदत थी।

परंतु किस्मत को कुछ और मंजूर था।

मेरा काम जर्मनी में बहुत पसंद किया गया। मुझे मुख्य वित्तीय प्रबंधक की स्थाई नौकरी प्रस्तावित की गई। यह करीब 600 लोगों की कंपनी थी और मेरे लिए काफी अच्छा व्यवसायिक अनुभव था। मुझे पुणे और मुंबई की दोनो कंपनियों का मुख्य वित्तीय प्रबंधक होना था।

प्रभा और मां मेरी ही तरह अनिर्णय की स्थिति में थे। मैं यह काम कुछ समय और करना चाहता था। प्रभा और मां चाहते थे कि मैं वापिस आकर दिल्ली में नौकरी ढूंढ लूं। इस कश्मकश में कुछ हफ्ते गुजर गए। अंततः मैने जर्मन सहयोगियों का प्रस्ताव स्वीकार कर लिया। प्रभा को कहा की मैं हर महीने दिल्ली आऊंगा तीन चार दिन के लिए। प्रभा ने अनमने ढंग से बात मान ली।

"साजन ये मत जानियो तोहे बिछड़त मो को चैन,
दिया जलत है रात में और जिया जले बिन रैन।"
(अमीर खुसरो)

अगले दो सालों के अंदर करीब छह महीने मैं प्रभा, मां और बच्चों के साथ रहा।

हर महीने दिल्ली जाता तीन चार दिन के लिए।

मेरा परिवार सर्दी, गर्मी, दशहरा की छुट्टियों मैं पुणे आ जाता।

जब भी हम साथ होते उत्सव का माहौल होता।

सप्ताहांत को पुणे के दर्शनीय स्थल घूमना। मॉल में जाना। शिवाजी के किलों की यात्रा, भीमाशंकर महादेव की यात्रा। समय जैसे भाग रहा था। सब प्रसन्न थे इस नए माहौल में। पुणे का सदाबहार सुहाना मौसम सब को पसंद था। नदी, पहाड़, लोनावाला के गेम्स पार्क, पुणे के शानदार मौसम। परंतु जब वो वापिस दिल्ली जाते तो माहौल गमगीन हो जाता। मैं अकेला रह जाता पुणे में। वो सब मुझे अकेला नहीं छोड़ना चाहते थे।

मैं वापिस दिल्ली आना चाहता था। परंतु कंपनी को मेरी जरूरत थी।
मेरे वित्तीय विभाग के युवा कर्मियों को मेरी जरूरत थी।
अभी थोड़ा काम और बाकी था।

परंतु जैसा की सब जानते हैं, समय बदलता रहता है। कभी अच्छे के लिए तो कभी बुरे के लिए।

लॉक डाउन में दफ्तर के सब काम अब ऑनलाइन, लैपटॉप से चलने शुरू हो गए थे। पुणे आईटी सिटी है। मेरा दफ्तर भी एक जर्मन आईटी कंपनी थी जो ऑटोमोबाइल क्षेत्र में काम करती थी। ऑनलाइन काम तो आरंभ हो गया पर एक नई मुसीबत का भी आगाज हो गया। 1 अप्रैल, 2020 को एक नए मैनेजिंग डायरेक्टर ने ज्वाइन किया।

पहली ही औपचारिक मुलाकात में समझ आ गया कि जर्मन प्रबंधन ने भारत में एक बार फिर गलत आदमी को जहाज का कप्तान चुना है।

इससे पहले भी तीन भारतीय मैनेजिंग डायरेक्टर जर्मनी से चुन कर आए और एक साल के अंदर ही उन्हें खराब व्यवहार या गबन के कारण 10 मिनिट के नोटिस पर निकाला गया था। मैं पहली मुलाकात में समझ गया कि ये लगातार चौथी गलती है।

ये साहब सूक्ष्म प्रबंधन के आदि थे। मैं फाइनेंस हेड था और कंपनी पर कब्जा जमाने के लिए फाइनेंस हेड पर कब्जा जरूरी होता है।
उनका सूक्ष्म प्रबंधन प्रारंभ हो गया और मेरा विरोध भी इसी अनुपात में आरंभ हो गया। शीघ्र ही इन साहब को भी समझ आ गया कि मैं इनके फंदे में नही आऊंगा और मुझे भी समझ आ गया कि ये भी एक साल से पहले ही निकाल दिए जाएंगे।

पर एक साल अब सौ साल जैसा होने वाला था।
ये साधारण वर्ष नही था दुनिया के इतिहास में। ये वर्ष 2020 था।

मई 2020 में रश्मि ने नियंत्रक की नौकरी से त्यागपत्र दे दिया। वो ऑफिस और महामारी के तनाव को नही झेल पा रही थी। मैने उसे कुछ दिन और रुकने को कहा। परंतु वो बहुत विचलित थी। मैने उसका इस्तीफा मंजूर कर मानव संसाधन विभाग को आगे बढ़ा दिया।

मुझे उसके कंपनी छोड़ने से बहुत दुख हुआ।

25 मार्च, 2020, के लॉक डाउन में प्रभा और मैं पुणे में फंस गए थे।

मम्मी और बच्चे दिल्ली में बहन के घर थे।

बड़े भाई और भाभी से तो किसी को कोई उम्मीद ही नही थी।

महामारी गहराने लगी। मई में पुणे की हमारी बिल्डिंग मरीज मिलने से सील कर दी गई।

14 दिन बाद सील खुली तो 17वे दिन फिर एक पीड़ित पाया गया।

बिल्डिंग को दोबारा सील कर दिया गया।

ऑफिस में नए मैनेजिंग डायरेक्टर से जंग चल ही रही थी।

न वो अपने प्रयास छोड़ रहे थे मुझे काबू करने के लिए, न मैं प्रयास छोड़ रहा था निवेशकों के पैसों की रक्षा के लिए।

सिर्फ एक अच्छी खबर आई जून 2020 के आरंभ में। नंदिनी, बड़ी बेटी दसवीं कक्षा के बोर्ड एग्जाम्स मैं 96% अंकों के साथ उत्तीर्ण हुई। हम सब अत्यंत प्रसन्न हुए। वो दिल्ली में थी, मैं और प्रभा पुणे में। वीडियो कॉल ही सहारा था। बधाई का आदान प्रदान हुआ और मिलने पर एक बड़ी पार्टी की घोषणा की गई।

उधर मां बैचेन थी। वो चाहती थी मैं वापिस आ जाऊं नौकरी छोड़कर। वो रोज टीवी में समाचार देखती और इस महामारी से डर जाती। उनका डरना जायज़ था। मैं कभी उनसे दूर नहीं रहा था। इस बढ़ती हुई लाइलाज महामारी मैं वो मुझे अपने से दूर नहीं देखना चाहती थीं।

आखिर मैने निर्णय लें लिया। मैने जून की शुरुआत में त्यागपत्र दे दिया।

तीन महीने का नोटिस पीरियड था। 1 सितंबर 2020 को मैं दिल्ली वापिस जा सकता था।

अगर अंतर्देशीय उड़ाने सरकार ने खोली तब। अगर लॉक डाउन खुला तब। वरना नही।

मां और प्रभा खुश हो गईं।

त्यागपत्र देकर मुझे भी अत्यंत प्रसन्नता हुई। छह महीने की योजना अब दो साल के पुणे प्रवास में बदल चुकी थी।

अब सिर्फ तीन महीने के नोटिस पीरियड में मुझे और पुणे में फंसी हुई प्रभा को वापसी की तैयारी करनी थी और वायरस से बचना था।

चार महीने बाद खबर आयी कि मैंनेजिंग डायरेक्टर साहब को 10 मिनिट के नोटिस पर निकाल दिया गया है!

पुणे में लॉक डाउन में रहते हुए हमें मां और बच्चों की चिंता तो लगी रहती थी पर बीस साल के विवाहित जीवन में हम दोनो कभी भी इतने अधिक समय तक एक साथ अकेले नहीं रहे थे। हर स्थान पर घूमने हम मां के साथ जाते थे। बाद में बच्चों और दीदी के साथ।

हमने इस साथ को बहुत अच्छे से जिया।

लेकिन फ्लैट के बाहर दुनिया बदल रही थी। सामने वाली बिल्डिंग से रात को आती रोशनी धीरे धीरे कम हो रही थी।

पुणे की इस सोसायटी में 25 रिहायशी इमारतें थीं। हर इमारत में कम से कम 24 फ्लोर थे। अधिकतर लोग पुणे के बाहर के लोग थे जो हिंजेवाड़ी की विशाल और विस्तृत आईटी कंपनियों में काम करते थे।

वो वायरस के बढ़ते प्रभुत्व को देख कर एक एक करके अपने मूल निवास की ओर प्रस्थान कर रहे थे।

हमारे सामने वाली इमारत जो कभी 90% तक गुलज़ार थी उसमे अब सिर्फ 30% परिवार ही रह गए थे।

ब्लूरिज की सदा आबाद रहने वाली मुख्य व्यवसायिक सड़क पर अब कुत्तों का राज हो चुका था। बाहर दो महीने से कर्फ्यू था। लोग सड़क पर निकलने बंद हो गए तो कुत्तों का लोगों से डर खत्म हो गया।

हम खिड़की से रोज देखते कि किसी न किसी इक्का दुक्का बाहर निकले व्यक्ति पर कुत्ते हमला कर देते थे।

(स्वास्थ्य मंत्रालय ने ताजा आंकड़े जारी किए हैं. देश में अब कोरोना मरीजों की संख्या 1 लाख 90 हजार के पार पहुंच गई है. मरीजों और कोरोना से मौत की संख्या के मामले में महाराष्ट्र सबसे आगे है!)

(सोर्स: ABP News, 1 June, 2020)

हम जल्द से जल्द घर पहुंचना चाहते थे। ऐसा कभी नही हुआ था कि मां और बच्चे हमसे इतने दिन दूर रहे हों।

प्रभा को जाहिर है मुझसे ज्यादा इस बात की चिंता थी। उसकी निर्णय क्षमता निश्चय ही मुझसे से ज्यादा परिपक्व रही थी।

मैं बचपन से साहित्य का घनघोर पाठक था।

हजारों किताबें पढ़ चुका था। हिंदी, बंगाली, उड़िया, तमिल, इंग्लिश तमाम क्षेत्रों का साहित्य।

प्रभा संस्कृत की स्नातक थी। किसी और किताब को उसने नही पढ़ा था शायद। मेरे सामने तो कभी याद नहीं। फिर भी उसकी सही निर्णय लेने और उचित सलाह देने की अदभुत क्षमता थी। मैं सदा उसके निर्णय को गंभीरता से लेता था।

पर मैं कुछ अधिक जोखिम लेने की मानसिकता रखता था।

अभी एक साल पहले ही 50 साल की उम्र में मैने सौ फुट ऊंचे रोपवे से फ्री हैंड स्लाइडिंग की थी। कंपनी की क्रिकेट लीग में हिस्सा लिया था। श्री लंका में मोटर पेराशूट ग्लाइडिंग की थी। थोड़ा जोखिम क्षमता में अंतर था। वो ठहरी हुई शांत गंभीर नदी थी। मैं एक बहता हुआ छोटा सा पानी का झरना था। मुझे उसकी परिपक्व निर्णय क्षमता का बोध हमेशा से रहा। मैं इस कारण से उसकी अधिकतर सलाह मानता था।

यह वायरस की पहली लहर थी। इसमें ठीक होने वालों का प्रतिशत 99% तक था।

वायरस का म्यूटेशन होता है ये बात तब हम में से किसी को पता नहीं थी। दूसरी या तीसरी लहर भी आती है, यह बात भी आम आदमी को पता नही थी।

कंपनी में काम कर रहे कई सहयोगी वायरस से संक्रमित हुए। सब ठीक हो गए।

अंततः वो दिन भी आ गया जब मैने दो साल से अधिक समय काम करने के बाद एक सादे तौर पर कंपनी से अंतिम विदा ली। उस दिन कोई समारोह तो नही हो सकता था, जैसा बहु राष्ट्रीय कंपनियों में चलन है। सामाजिक दूरी के नियम सख्ती से लागू थे। मैं सिर्फ अपनी टीम से मिला, साथी प्रबंधकों से विदा ली और लौट आया। जो थोड़ा बहुत सामान था वो पहले ही कुरियर से दिल्ली भेज दिया था।

2 सितंबर, 2020, की फ्लाइट थी इंडिगो की। पुणे से दिल्ली।

प्रभा और मैं अत्यंत शंकित थे। सब सावधानियां बरत रहे थे। हमने अपने हैंडबैग्स लिए हुए थे। हाथों में रबर के दस्ताने, मुंह पर दोहरा मास्क, उसके बाद चेहरे पर प्लास्टिक फेस शील्ड, हाथों में अल्कोहल स्प्रे की शीशी।

हम टैक्सी में बैठे और पुणे को अंतिम बार देखते हुए एयरपोर्ट आ गए। एयरपोर्ट पर भी असामान्य माहौल था। यात्री डरे हुए थे। चेक इन का तरीका कॉन्टैक्ट लेस हो गया था। एयरपोर्ट कर्मचारी दूर से ही टिकट चेक कर रहे थे। विमान के अंदर खाने की सुविधा बंद थी। एक सीट छोड़कर दूसरी सीट पर ही यात्री बैठ सकते थे।

सब कुछ बदल चुका था।
एक घबराहट का सा माहौल था सब तरफ।
दो साल से चल रहा पुणे का सुनहरा सफर अब समाप्त हो रहा था।
शायद सदा के लिए।

5. तीखी धूप।

बकौल शायर:

"धरती कहे पुकार के.....
बीज बिछा ले प्यार के....
मौसम बीता जाए......
अपनी कहानी छोड़ जा.....
कुछ तो निशानी छोड़ जा...
कौन कहे इस ओर तू फिर आए ना आए।"

समय: 1970 से 1990 का दशक।
स्थान: दिल्ली और आस पास।

मैं और मां अपनी सीधी सादी जिंदगी बिता रहे थे। एकदम चुपचाप।

भाई और भाभी हमेशा आपस में लड़ते रहते थे। मां बीच बचाव करने में लग जाती। मैं अपनी पढ़ाई पर ध्यान देने का प्रयास करता रहता।

भाई भाभी का झगड़ा सड़क पर भी कभी कभी पहुंच जाता। वो अपनी लड़ाई में मां को भी बीच में लपेट लेते और ज़ोर ज़ोर से पडोसियो को सुनाकर मां को बुरा भला कहते। मां चुप रहती। सब सहती रहती। मेरे पढ़ाई के कई कीमती दिन खराब हो जाते। वैसे भी उन दिनों मैं भारतीय लागत लेखाकार संस्थान (ICMA) की अंतिम परीक्षा की तैयारी कर रहा था। इस पाठ्यक्रम का परिणाम उत्तीर्ण अंक प्राप्त कर लेने से नहीं आता था। प्रत्येक परीक्षा के समय संस्थान मांग और पूर्ति का आंकलन करता था। मतलब यह कि अगर 100 लेखाकारों की बाजार में मांग है तो सबसे अधिक अंक प्राप्त करने वाले 100 लोग ही परीक्षा उत्तीर्ण करेंगे। बाकी 100 के बाद वाले कितना

भी अच्छा पर्चा करें वो बाहर हो जाते थे। मुझे याद है 1990 के पूरे दशक में परिणाम सिर्फ 2 से 4 प्रतिशत तक ही होता था।

भाई सिर्फ अपने ऊपर ध्यान देता था। मुझसे ग्यारह साल बड़ा था।
जब पापा गुजरे तो मैं छह साल का था और वो सत्रह साल का।
अगले ही साल पहला काम उसने यह किया कि पड़ोस की हमउम्र लड़की को भगा कर वो मसूरी ले गया।

पैसे खतम होने पर वो वापिस लौटे तो लड़की के पिता ने हम सबको जेल भेजने की धमकी दी।
वो वकील थे। ऐसा कर सकते थे। मां उनके पास हाथ जोड़ कर गई।
मां ने उसके पिता को प्रस्ताव किया कि वो उन दोनो की शादी करा दें।
वकील साहब ने मां पर दया की। वो थोड़ा पिघले पर मां से कहा,
"आपका बेटा इस लायक नही है कि मैं अपनी बेटी का हाथ उसके हाथ में दे दूं। बहनजी में आपकी लिहाज करता हूं इसलिए आप को जेल नही करा रहा, आप चले जाइए। अपनी बेटी का जो होगा, मैं स्वयं देख लूंगा।"

ये सुनकर बड़ा भाई जो सीढ़ियों मैं खड़ा था, अंदर आया। वकील साहब ने उसे एक जोर की गाली दी। वो सीढियां उतर के भाग आया।

अगले कुछ साल पापा की छोटी सी पेंशन पर गुजरे। मकान मालकिन पाकिस्तान से आई रिफ्यूजी थीं। उन्होंने सब देखा था। दयालु थी। उन्होंने किराया कम कर दिया। थोड़ी सी मदद मिली।

मां पर अपने तीन बच्चों के पालन पोषण में जो मुसीबत टूट रही थी वो तो कोई भी समझ सकता है। ऐसी परिस्थिति में जो भी कठिन से कठिन चुनौती आ सकती है वो उन पर आ रही थी। वो मूक रह कर हर कठिनाई का सामना कर रही थीं।

मां ने फिर भी मुझे सरकारी स्कूल में दाखिल नही कराया। थोड़ी दूर एक पब्लिक स्कूल था। मां ने उसकी एक अध्यापिका से प्रार्थना की। मुझे पूरी फीस माफ हो गई। शर्त ये थी कि ऐसा तब तक रहेगा जब तक मैं हर साल पहले तीन में से किसी स्थान पर आऊंगा। पब्लिक स्कूल में दाखिला हो गया। मैं पहली तीन पोजिशन पर आता रहा। पूरी फीस माफ साल दर साल होती रही।

कक्षा में मैं शांत बैठा रहता। खेल मुझे लुभाते थे। फुटबाल छोड़कर मैं स्कूल की सभी टीम में था। वैसे भी स्कूल की कोई भी टीम कोई बड़ा टूर्नामेंट नही जीतती थी। एक साधारण सा पब्लिक स्कूल था जो हमारे हिसाब से बहुत ऊंचा था उस वक्त।

पिता के गुजरने के तीन साल बाद भाई ने आवारागर्दी करते हुए तीसरी श्रेणी से स्नातक की परीक्षा किसी तरह पास कर ली थी। अब मां ने फिर मोर्चा संभाला। पिता के सरकारी दफ्तर में वो जानकारी निकालने लगी उसकी सरकारी नौकरी के लिए। एक तत्कालीन मंत्री ने सहायता की। मां या बेटे में से किसी एक को क्लर्क की सरकारी नौकरी मिल सकती थी।

मां ने बड़े भाई को बिना सोचे समझे नौकरी दे दी।

कुछ समय तो ठीक चला पर भाई का बुरा और अखड्डु स्वभाव बार बार सामने आने लगा।

ऑफिस के लोग भी अक्सर बताते कि ऑफिस में उसका व्यवहार कितना खराब है।

अब मां को भाई की शादी करनी थी। पर भाई की बदनामी आड़े आ रही थी। मां को भी पता था कि यह एक मुश्किल सफर होगा सब के लिए। एक दिन एक खानदानी लड़की देखी गई। चार बहनों में से एक बहन।

मैं, दीदी और मां लड़की देखने मंदिर में गए। मुझे और दीदी को पसंद नही आई। भाई को पसंद आ गई।

मां को इतना ही काफी था। शादी हो गई।

पंडितों के हिसाब से 36 में से 32 गुण मिलते थे जन्म पत्री के अनुसार। लगा उन्होंने उल्टा देख लिया था।

पहला साल तो ठीक ठाक गुजर गया। दूसरे साल से झगड़े शुरू हो गए और हर साल बढ़ते गए। दिन दूनी रात चौगुनी तरक्की। फिर सब सीमाएं खत्म होती चली गईं। दोनो सड़क पर लड़ने लगे। अश्लील से अश्लील गाली पड़ोसी चाव से सुनते।

मां चुप रहती। मैं चुप रहता।

मां उन्हे समझाती तो वो दोनो मां को ही गाली देने लगते।

मां ने समझाना छोड़ दिया। उन्होंने लड़ने का दैनिक कार्यक्रम नही छोड़ा।

अब मैं बड़ा होने लगा था। धीर गंभीर स्वभाव बनता चला गया। ज्यादातर चुप ही रहता। पढ़ाई ज्यादा नहीं करता पर पहले तीन स्थान पर आने जितनी पढ़ाई जरूर

करता। क्रिकेट का खूब शौक था। छुट्टी वाले दिन रेलवे ग्राउंड पर सुबह छह बजे से शाम के छह बजे तक क्रिकेट खेलता।

साहित्य पढ़ने की अच्छी आदत मुझे अपने फूफाजी से मिली। वो दिल्ली से लगते हरियाणा के एक गांव में रहते थे। पुराने खानदानी वैद्य थे। दो शादी की थी। दोनो सगीं बहनें। हालांकि बहुपत्नी प्रथा को कहीं से भी ठीक नहीं कहा जा सकता परंतु यह बात भी उतनी ही सही है कि संसार का कोई भी व्यक्ति अपने जीवन काल में सौ प्रतिशत सही निर्णय नहीं ले सकता। समय और परिस्थितियां अच्छे से अच्छे इंसान को विचलित कर गलत निर्णय लेने के लिए कभी न कभी अग्रसर कर सकती हैं।

उनके साथ कई और विचित्र संयोग थे। एक पत्नी एमबीबीएस डॉक्टर दूसरी कभी स्कूल नहीं गई थीं। दोनो के कई बार अनहोनी हुई। कई बार अपने आप गर्भपात हुआ। यह अत्यंत दुख की बात थी क्योंकि फूफाजी को बच्चों से बहुत प्यार था। वह एक सच्चे इंसान थे। दुनिया के सब बच्चे उन्हे अपने लगते थे। उन्होंने हम सब पर वो प्यार लुटाया था।

मेरा सब घूमना फिरना, सिनेमा देखना, होटल में खाना, कार में घूमना, सब उन्ही के साथ हुआ। 50 साल तक उन्होंने मुझे कभी कोई गलत शब्द नही बोला। संपूर्ण प्यार दिया। एक पिता जैसे।

फूफाजी धैर्य और अनुशासन की एक मिसाल थे मेरे लिए।

उनके साथ की गई असंख्य यात्राएं मेरे जीवन में कोई न कोई नया अनुभव लेकर आती रहती।

यात्राओं से निस्संदेह ज्ञान बढ़ता है और जब यात्राएं एक भद्र मानव के साथ हों तो ज्ञान कई गुना बढ़ता है।

जब मैं 10 साल का था, उनके गांव गर्मी की छुट्टियों में जाता था।

उनके लोहे के संदूक में पुस्तके भरी रहती थी। सरिता, मुक्ता, इब्ने सफी बीए और जनप्रिय लेखक ओमप्रकाश शर्मा के उपन्यास।

मैने अगले तीन चार साल में सब संदूक पढ़ डाले। आत्मसात किया तो सिर्फ ओमप्रकाश शर्मा जी की लेखनी को। उनका मुख्य पात्र राजेश एक आदर्शवादी जासूस था। महिलाओं और बुजुर्गों को अत्यंत इज्जत करता था। अपराधियों को अपने अच्छे व्यवहार से अक्सर सुधार भी देता था। अपनी पत्नी तारा का बहुत आदर सम्मान करता था।

बहुत बाद में, अभी एक साल पहले 2020 में, मैं एक पुराना उपन्यास पढ़ रहा था तो पता चला विवाह से पहले तारा एक अपराधी की एस्कॉर्ट थी। मन श्रद्धा से भर गया ओमप्रकाश शर्मा जी के लिए। अगर बचपन से किसी चीज से आप प्रभावित हो जाते हो तो उसका असर जीवन भर रहता है। यह मेरे साथ भी हुआ।

मैं जिस परिवार में पैदा हुआ वो ठेठ हरियाणवी परिवार था। पितृसत्तात्मक, अक्खड। पर संयोग से जो साहित्य या लुगदी साहित्य मैं बचपन से पढ़ने लगा वो श्रेष्ठ साहित्य था। प्रेमचंद, शरत चंद्र, बंकिम चंद्र, मोहन राकेश, रांगेय राघव, यशपाल, अज्ञेय और ओमप्रकाश शर्माजी इत्यादि का।

इस से सबसे बड़ा लाभ तो यह हुआ कि मैं महिलाओं का सम्मान करने लगा। मुझे पता लगने लगा कि महिलाएं कितनी मजबूत और ताकतवर होती हैं। मुझमें मानवीय गुणों का विकास होने लगा। दिल दरिया बनने लगा। महत्त्वाकांक्षाएं मानवीय होने लगी। भैतिकतावाद से मैं कम प्रभावित रहता। एक अलग ही व्यक्तित्व बनने लगा।

फूफाजी का अत्यंत आभार किताबों और साहित्य से मेरा प्रथम परिचय कराने के लिए। वरना मैं मैं नही होता। ये कहानी भी लिखने लायक नही होती।

सबसे बड़ी बात, मैं प्रभा को एक नजर मैं नहीं पहचान पाता। मैं अपनी जिंदगी के पास से निकल जाता और कभी नही जान पाता की मैं क्या खो रहा हूं।

मैं अपनी नायिका ढूंढ रहा था। सालों बाद मेरी 29 साल की आयु में वो मुझे सही जगह मिली।

दिल्ली से 100 किलोमीटर दूर एक गांव में।

उससे भी बड़ी बात यह कि मैं उसे एक नजर में पहचान पाया।

इसके बाद मैने अपनी जिंदगी में कुछ नही मांगा।

जिंदगी इससे ज्यादा कुछ दे भी नहीं सकती थी।

जब उसने अपनी सर्वश्रेष्ठ कृति मुझे उपहार स्वरूप दे दी तो अब जिंदगी के पास कुछ बचा ही क्या था?

1980 के दशक में फूफाजी ने अपने बड़े साले के लड़के को गोद ले लिया पर विधि विधान से नही। 1990 के दशक के अंत में उन्होंने अपने छोटे साले (मेरे चाचा) के तीन महीने के लड़के को भी गोद ले लिया पर इस बार पूरे कानूनी तरीके से। एक बड़ा सा परिवार बन गया। सब अच्छा चल रहा था अगर 2020 में यह महामारी ना आती तो।

सितंबर 2020 से मई 2021 के नौ महीनों में फूफाजी और उनकी दोनो धर्मपत्नियां संसार से लगभग एक साथ विदा हो गईं। पहले बड़ी पत्नी अचानक सिधार गईं, फिर फूफाजी को कोरोना हुआ, ऑक्सीजन कम हुई।

वो बड़ी पत्नी को बहुत प्यार करते थे। 17 साल की उम्र में उनका विवाह हुआ था।

अब 70 साल की उम्र में उनका साथ छूटा था।

53 साल के साथ के बाद यह जुदाई वो सह नहीं पा रहे थे। कोई भी प्यार भरा दिल नहीं सह पाएगा।

ऑक्सीजन की कमी के बावजूद उन्होंने हस्पताल जाने से मना कर दिया था। वो और जीना नहीं चाहते थे शायद।

5 मई 2021 को उनकी ऑक्सीजन खत्म हो गई।

उन्होंने आखिरी सांस बड़ी शांति से ली।

मैं बहुत सालों बाद रोया उनकी मृत्यु के दिन।

हालांकि उस दिन 5 मई, 2021 को मुझे और मेरे पूरे परिवार को भी वायरस ने जकड़ रखा था।

दो दिन बाद, 7 मई, 2021 को, कैंसर से त्रस्त उनकी छोटी डॉक्टर पत्नी ने भी प्राण त्याग दिए।

एक युग का अंत हुआ। अचानक ही।

मेरी जिंदगी में मेरी मां और बाद में प्रभा के अलावा फूफाजी बहुत बड़ा सहारा थे। अब एक युग बीत रहा था ताकि अगला युग आरंभ हो सके।

"ये लम्हे ये पल हम, बरसों याद करेंगे।
ये मौसम चले गए तो हम फरियाद करेंगे।"

6. पिया बसंती।

बकौल शायर:

"चाहत के गुल खिलेंगे...
चलती रहें हज़ार आंधियां...
हम तो इसी चमन में...
बांधेगे प्यार का आशिया।"

समय: 1999 का प्रथम भाग।
स्थान: दिल्ली और आसपास।

1999 का बसंत था। मां प्रभा के साथ मेरे विवाह के प्रस्ताव को नामंजूर कर चुकी थी। मैं यह दिखाने की कोशिश में था कि मुझे कोई फर्क नहीं पड़ता है।

पूरा एक हफ्ता बाइक पर रोते रोते आने जाने में निकल चुका था। इस एक हफ्ते में मैने मां के मना करने के तीन कारण ढूंढ निकाले। मेरी समझ के अनुसार यह कारण इस प्रकार थे।

1. हमारे परिवार में कभी प्रेम विवाह नही हुआ था। बीसवीं सदी में जिन शहीदों ने मुझ से पहले प्रयत्न किए थे उन्हे सफल नहीं होने दिया गया था।
2. मैं लड़का था और अपनी पसंद से विवाह करता तो हाथ से निकल सकता था। यह तो पूरे भारत का प्रिय बिंदु था।
3. एक बेकार का मिथ था कि हरियाणा वालों को उत्तर प्रदेश में विवाह नहीं करना चाहिए। वैसे यह मिथ उत्तर प्रदेश में भी था कि हरियाणा में विवाह नहीं करना चाहिए। और वैसे तो पूरे भारत में इस तरह के बेकार के मिथ प्रचलित थे।

एकमात्र बात जो मेरे पक्ष में थी वो ये थी कि प्रभा मां को पसंद थी। इस बात में मुझे कोई भी संदेह नहीं था। ये मेरे लिए बहुत बड़ी लाभ की स्थिति थी। इसी बिंदु पर मेरा विश्वास टिका हुआ था कि मैं मां को मना लूंगा। बिना कोई ज़िद्द किए।

और हुआ भी कुछ ऐसा ही।

एक हफ्ते जब मैने प्रभा के विषय पर कोई बात नहीं की तो मां ने खुद ही बात छेड़ी।

"प्रभा के विषय में राघव से बात करते हैं।" मां बोली।

"देख लो आप। वैसे मैं उसे आज ही घर बुला लूंगा। आप जो बात करना चाहो कर लेना।"

मैं अपनी मुस्कुराहट को बड़ी मुश्किल से दबाते हुए बोला और बाहर निकल गया।

बात बनने लगी।

मां कुंडली मिलाना चाह रही थी।

मुझे कोई ऐतराज नहीं था।

मेरे एक इंजीनियर दोस्त, जो एक ज्योतिषी भी थे, पर मां को बहुत विश्वास था।

प्रभा की जन्म पत्री गांव से मंगाई गई।

और कौन लाता? राघव जिंदाबाद। राम के हनुमान।

ज्योतिषी कम इंजीनियर के घर मैं और मां गए।

उन्होंने बड़े ध्यान से कुंडली मिलाई।

"36 में से 3 गुण ही मिलते हैं।" उन्होंने ऐलान कर दिया।

मां ने मेरी तरफ देखा।

मेरे चेहरे पर घबराहट थी।

हम वापिस आए।

परंतु अब तक प्रभा का जादू मां पर भी चल चुका था।

मैं जानता था।

मैने घर आकर मां के सामने अपना पक्ष रखा।

"मां सोचो अगर मैं किसी से दोस्ती करता हूं तो क्या जन्म पत्री देख कर करता हूं? फिर बड़े भाई के 32 गुण मिले हुए थे, क्या हुआ?"

मां संतुष्ट हो गई।

जन्म पत्री वाली समस्या हल हो गई।

शायद उन्हें भी प्रभा को जल्दी ही घर लाने की इच्छा हो रही थी।

21 साल बाद पता चला सही समय तो छोड़िए, तारीख और साल भी गलत थे प्रभा की जन्म पत्री के।

अब प्रेम विवाह को सामान्य विवाह बनाने की योजना तैयार की गई।

दोनो बुआ को बुलाया गया यह कहकर कि मेरा एक रिश्ता आया है। पार्क में लड़की देखने जाना है।

निर्धारित दिन सब खास रिश्तेदार पहुंचे। प्रभा के भाई भी पहुंचे प्रभा को साथ लेकर।

प्रभा का तो प्रभाव ही अलग था। प्रभा पसंद तो हर किसी को आनी ही थी।

मुसीबत हुई कमजोर कद काठी वाले राघव की। उसे पेप्सी और लिम्का के भारी क्रेट्स लेकर आना पड़ा पार्क के बाहर से।

पर हनुमान जी उस दिन खुश थे।

उत्तर प्रदेश और हरियाणा के मसले को बिना किसी समाधान के भुला दिया गया। मैने चैन की सांस ली।

पर अभी प्रेम कहानी सफल होने में एक और पेंच था। किसी मामूली सी बात पर मां और राघव में ठन गई।

दोनो काबू से बाहर हो गए।

मेरे हनुमान ने प्रभा का विवाह मेरे साथ करने से इंकार कर दिया।

मैने देखा है कि जीवन में अभी तक मैं जितनी बार भी रोया हूं सदा प्रभा के लिए ही रोया हूं।

कोहिनूर को पाने के लिए कष्ट उठाने ही पड़ते हैं। कोई नई बात नहीं है।

अब मुझे राघव के परम मित्र मनीष के सामने रोना पड़ा। उसको निवेदन किया कि राघव को समझाए कि मैं प्रभा को कितना प्यार करता हूं। मनीष ने पता नही राघव से क्या बात की पर राघव ने अगले दिन मां से क्षमा मांग ली।

गलती मुझे आज भी नहीं पता राघव की थी या नहीं।

अबकी बार गाड़ी चली तो फिर सीधा मंजिल पर रुकी।

अप्रैल 1999 में विवाह पक्का हो गया। पर महूरत लगभग नौ महीने बाद का निकला।

18 जनवरी, 2000।

इक्कीसवीं सदी की शुरुआत।

भारत अब बदल रहा था।

बहुराष्ट्रीयकरण अब मनमोहन सिंह की घोषणा के दस साल बाद हकीकत में तब्दील हो रहा था। डॉट कॉम बूम आरंभ हो चुका था। इंटरनेट की कनेक्टिविटी और रफ्तार बहुत धीरे धीरे सही पर बढ़ रहीं थी। विदेशी कंपनियां भारत को अगले निवेश स्थान के रूप में देखने लगी थीं। काफी मात्रा में विदेशी दुकानें खुल रहीं थीं। बीयर बार और पब्स खुल रहे थे। मारुति के अलावा और भी कई विदेशी कार कंपनियां भारत में अब कार निर्माण कर रही थीं। मोबाइल फोन का चलन बढ़ता जा रहा था।

भारत अगला उगता सूरज था विदेशी कंपनियों के लिए।

जून 1999 के मध्य में रोकना की रस्म अदा हुई। उस दिन मेरा लागत लेखाकार के अंतिम ग्रुप की परीक्षा थी।

परीक्षा दोपहर को थी। सुबह प्रभा के बड़े भाई आए और बस एक आध घंटे में टीका कर के चले गए।

आश्चर्यजनक रूप से मात्र 2% के परिणाम में उस ग्रुप को मैने उत्तीर्ण कर लिया।

मैं नौ महीने के अरसे में लगभग प्रतिदिन प्रभा को फोन करता। उन दिनों आम घरों में मोबाइल फोन नही आए थे। इनकमिंग और आउटगोइंग दोनो खर्चीली सुविधाएं थीं। मेरे घर तो लैंडलाइन एमटीएनएल फोन भी नही था। प्रभा अपने बड़े भाई और भाभी के साथ रेलवे क्वार्टर में रहती थी उन दिनों। गनीमत थी कि रेलवे की वजह से वहां एमटीएनएल लैंडलाइन था।

मैं प्रतिदिन पब्लिक बूथ पर फोन करने जाता। एक मिनिट की कॉल के लिए करीब 1 रुपया देना पड़ता था। मैं लगभग 15 से 20 रूपये की कॉल करता। प्रभा के भाई भाभी समझदार थे। वे प्रभा को बात करने के लिए प्राय एकांत दे देते।

क्या बातें होती थीं?

शायद आज भी कोई प्रेमी युगल नही बता सकता कि वो घंटो तक क्या बातें करते हैं।

प्रेम में डूबे व्यक्ति शब्दों में बात नही करते। उनकी कोमल भावनाएं टेलीफोन की तार से अपने आप संचारित होती रहती हैं। बढ़ा हुआ हार्मोनल फ्लो हल्का नशा तारी करता है। शरीर हल्का हो जाता है। होंठ बिना बात मुस्कुराते रहते हैं। पैर हवा में उठते हैं।
लगता है वक्त वहीं थम जाए।
पृथ्वी घूमना बंद करके आराम करे।
इस संसार का सबसे सुंदर अनुभव है प्रेम।

मेरा सदा से ही विश्वास था कि प्रेम पर ही मानव सभ्यता टिकी है। मानव के विकास की कहानी में अगर प्रेम को हटा दिया जाए तो वो मात्र किसी भी शक्तिशाली जंतु के विकास की कहानी ही रह जायेगी।

मानव को मानवीय प्रेम ही बनाता है।
मानव की कोई भी बड़ी उपलब्धि अंततः प्रेम को पाने का साधन मात्र ही है।

आखिर मेरे विवाह का दिन भी आ गया।
18 जनवरी, 2000.
सर्दी के दिन थे।
गाजियाबाद में विवाह संस्कार के बाद मैं एक सफेद मारुति एस्टीम कार में प्रभा को विदा करा कर दिल्ली ला रहा था।
कार इस बार भी मेरी नहीं थी। मेरी जिंदगी का सबसे बड़ा निर्णय मैं जानता था कि सही है। मेरी अच्छी किस्मत ने उस देवकन्या को मेरी झोली में डाल ही दिया था। अब उसे खुश रखना मेरा काम था। जीवन भर का काम।

अत्यंत सामान्य था कि अपने माता पिता का घर छोड़कर प्रभा रो रही थी। मैने उसका हाथ अपने हाथ में लिया।
मैं उसका हाथ अपने हाथ में ही लिए बैठा रहा जब तक की बाद में इक्कीस साल के उपरांत उसने अपने हाथों से मेरा हाथ धीरे से हटा दिया।

"अंगना तो परबत भयो, देहरी भई विदेस
जा बाबुल घर आपने, मैं चली पिया के देस।"
(अमीर खुसरो)

7. प्रेम और जीवन संघर्ष!

बकौल शायर:

"एक तेरा साथ हम को दो जहां से प्यारा है...
तू है तो हर सहारा है।"

स्थान: दिल्ली
समय: सन 2000 से 2010

जनवरी 2000 में हमारे विवाह के पश्चात अब हमारे जीवन की दिशा बदल रही थी।
मुझे और मां को एक और साथी मिल गया था।
एक सच्चा साथी।
मानसिक संघर्ष घट रहा था।
वित्तीय संघर्ष को बल मिल गया।
जब हमारा विवाह हो रहा था तो उस दिन मैं बेरोजगार था।
विवाह के एक महीने बाद मुझे एक कोरियन मूल की कंपनी में नौकरी मिल गई।

प्रभा ने आते ही एक कुशल गृहिणी की तरह पूरे घर को अकेले ही संभाल लिया।
उसका प्रबंधन मेरे वित्तीय प्रबंधन से बेहतर था। उसे सब काम करने के बाद पूरा समय भी मिल जाता था मां के साथ आराम से बैठ कर बात करने के लिए। मां भी मेरी तरह हीरे को जल्दी ही पहचान गई। उसने तुरंत घर का सारा प्रबंधन उसको सौंप दिया और खुद समाज सेवा और पूजा पाठ में लग गईं।
जब मैं ऑफिस से घर आता तो दोनों मेरे साथ आराम से चाय पीतीं और आपस में विभिन्न विषयों पर बात करती और साथ साथ हंसती। मैं जान बूझ कर चुप बैठा रहता और चाय की चुस्की लेता रहता।

उनको हंसते देखकर मैं पूरी ऑफिस की थकान और दिल्ली के खतरनाक ट्रैफिक की जद्दोजहद भूल जाता।

क्या दिन थे वो।
दिन सोना थे तो रातें चांदी।
सिर्फ कुछ दिन के लिए नही।
पूरे अगले इक्कीस साल।

मुझे लगता है स्वर्ग का सुख भी मध्यम वर्ग की इस आदर्श स्थिति से अधिक बेहतर नही होता होगा।
यहां पृथ्वी पर जीवन् की जद्दोजहद थी और बहुत सारा प्यार था।
स्वर्ग में केवल अंगूर खाते हुए और सिंहासन पर बैठे हुए अप्सराओं का नृत्य देखते रहने में क्या आनंद आता होगा?

निश्चय ही श्रम करना और प्रेम से प्रतिदिन साक्षात्कार करना एक आलौकिक अनुभव है।

जिंदगी अब सरस हो गई।
नए मायने मिल गए।
दो से तीन हो गए।
मेरा मतलब है मैं, मां और प्रभा।
मुझ में और मां में एक स्वस्थ प्रतियोगिता लगी रहती थी कि हम दोनो में कौन प्रभा को ज्यादा प्यार करता है।

दीदी और जीजाजी पास की ही कॉलोनी में रहते थे। जब भी वो घर पर आते उत्सव का माहौल हो जाता।
उनके दोनो बच्चे समर्थ और समृद्धि जो पहले मुझसे घुले मिले हुए थे अब दल बदल कर प्रभा से घुल मिल गए।
जब वो सब आते तो चाय के कई दौर चलते। हंसी मजाक चलता।
फिर सबकी पसंद का खाना बनाया जाता और देर रात तक गपशप के दौर चलते रहते।
प्रभा के आने से परिवार में वो स्पार्क आ गया था जिसकी कमी थी।
सबसे अधिक प्रसन्न मां थीं यह सब देख कर।

दीदी तो उस पर अब पूरी तरह निर्भर हो गई थी। दीदी सभी महत्वपूर्ण कार्य करते समय पहले प्रभा से राय लेती थी। हम सब मानने लग गए थे कि प्रभा के स्वभाव और व्यवहार कुशलता का कोई मुकाबला नहीं है। जीजाजी उसे अपनी बेटी मानते थे।

शायद एक प्रतियोगिता भाई और भाभी में भी चलती रहती थी कि कौन उसकी और उसके किए कामों की अधिक आलोचना करता है। परंतु प्रभा ने कभी कोई शिकायत नहीं की उनकी। उनकी सारी आलोचनाओं और नकारात्मक रवैए को वो हंस के भुला देती। उनके सम्मान में कोई कमी नहीं आने देती।

घर के साथ साथ बाहर का भी अधिकतर काम प्रभा ने अब संभाल लिया। सभी पारिवारिक मित्र और पड़ोसी अब पहले प्रभा से ही बात करने लगे। वो सबको अपनी समझदारी से प्रभावित करती जा रही थी।

मां का एक बड़ा सामाजिक दायरा था। मां की अनेक सहेलियां थीं जो अलग अलग आर्थिक और सामाजिक पृष्ठभूमि से आती थीं। प्रभा उन सब से घुल मिल गई थी। सब की परेशानी वो बातों बातों में समझ जाती। जहां जरूरत होती वो बिना जताए चुपचाप उनकी सहायता कर देती। बाद में मां को बता देती ताकि कोई संप्रेषण विवाद ना हो।

ऑफिस की दावतों और सालाना सभाओं में जाना होता था तो उसका रूप बदल जाता था। वो एक आम शहरी लड़की के रूप में बदल जाती जो सब में आसानी से घुल मिल जाती थी।

कमाल का व्यक्तित्व था।

मां और मैं कम मुस्कुराते थे।

हमें जीवन में मुस्कुराने के अवसर भी कम ही मिले थे।

प्रभा को देख देख कर हमने भी थोड़ा मुस्कुराना चोरी चोरी सीख ही लिया था।

दमकता चेहरा। चेहरे पर प्यारी सी मुस्कान। हाव भाव में परिपक्कता। बातों में सच्ची मिठास। परिवार के लिए और परिवार के साथ संघर्ष करने की लगन। पराए को भी अपना बना लेना।

ये सब एक व्यक्ति में? सच में चमत्कार था।

प्रत्येक युग में सीता जन्म लेती है। परीक्षा देती है। और फिर एक दिन चली भी जाती है।

हमारी वित्तीय हालत खराब ही कह सकते थे। भाई सरकारी नौकरी में था जो पिता के निधन के बदले में उसे मां ने भाग दौड़ कर दिलाई थी। परंतु मेरा अधिक समय पढ़ाई में गया और फिर प्राइवेट नौकरी की तलाश में। अब एक साधारण सी नौकरी थी। प्रभा

को इससे कोई परेशानी नहीं थी। वो खुशी बांटती थी। खुशी खरीदती नहीं थी। मेरी मोटरसाइकिल उसकी भव्य कार थी। मेरी खुशी उसकी सबसे बड़ी खुशी थी। हम तीनों प्यार के लिए जीते थे। तीनो का मकसद एक सीधी सादी जिंदगी व्यतीत करना था। तड़क भड़क की तलाश में हम थे ही नहीं। अत्यंत सुनहरे दिन थे वो।

18 अक्टूबर, 2004 को एक नन्ही परी का आगमन हुआ। हमने उसका नाम रखा नंदिनी।
अब हम तीन से चार हो गए। हमारी प्रसन्नता का ठिकाना नहीं रहा।
मेरा और मां का मानना था की हमें प्रभा का एक संस्करण और मिल गया है।

2006 में एक बड़ा मोड़ आया।
ग्लोबलाइजेशन अब एक बड़ी सच्चाई थी।
एक जापानी कंपनी का भारत में प्रवेश हो रहा था। वित्तीय प्रबंधक के स्थान के लिए मैने भी आवेदन किया। पांच उम्मीदवार चिन्हित हुए। साक्षात्कार के दौर में मुझे ही चुन लिया गया।
मैनेजिंग डायरेक्टर थे एक जापानी भद्र पुरुष कात्सुओ त्सुजी सान। सान जापानी में सम्मान सूचक शब्द है।

त्सुजी सान अत्यंत शांत, गंभीर और सुलझे हुए इंसान थे। मेरे और उनके बीच तुरंत एक आत्मीय संबंध बन गया। कंपनी की शुरुआत में त्सूजी सान के बड़े अधिकारी भारत आए। योशिनोबू सातो। व्यवसायिक संत। मैं उनके व्यक्तित्व से अत्यंत प्रभावित हुआ। शायद वो भी मेरे व्यक्तित्व से थोड़े बहुत हुए। जाते हुए सातो सान ने मुझे जापान आने का निमंत्रण दिया। मैने सहर्ष स्वीकार किया। वापसी के तुरंत बाद ही उन्होंने जून 2006 में, ओसाका की टिकट भेज दी।
मां बहुत खुश थी। प्रभा भी। मैं तो था ही।

जापान एक ऐसा देश था जहां के बारे में मैने बहुत पढ़ा था। आप सभी ने पढ़ा होगा।
मैने कभी जीवन में सोचा नहीं था कि कभी विदेश यात्रा करूंगा। हालांकि मैने कुछ साल पहले अपना पासपोर्ट एक कंपनी के लिए जापान जाने के लिए ही बनाया था पर जा नही पाया था।

ओसाका की ग्यारह घंटे की एयर इंडिया फ्लाइट मुझे एक जादुई दुनिया में ले आई। 2006 का जापान आज के जापान से थोड़ा भिन्न था। तब जापान भी कुछ ही देशों से घुलता मिलता था।

हीरूमी मिकी वित्तीय विभाग के मेरे वरिष्ठ थे। अपनी छोटी सी कार में मुझे ओसाका एयरपोर्ट पर लेने आए।

मेरी पहली विदेश यात्रा थी। वो भी जापान की। मैं आंखें फाड़ फाड़ के हर चीज को ध्यान से देख रहा था।

मिकी सान की आंखें छोटी थीं पर मेरी बड़ी आंखों को वो देख के मुस्कुरा रहे थे।

मिकी सान मुझे सीधे सातो सान के घर ले गए। फिर हम तीनो एक पारंपरिक जापानी आहार गृह गए।

हिंदुस्तान की तरह नीचे बैठे कर खाने की परंपरा।

सातो सान मुझे लगभग प्रत्येक शाम एक कराओके क्लब में ले जाते।

जापान में पार्श्व संगीत के साथ खुद माइक पर गाना गाने का चलन था। मैने पहली बार देखा था। वह बहुत अच्छा गाते थे। शब्द अनजान थे मेरे लिए लेकिन भावनाएं जानी पहचानी लगती थीं।।

जब तक जापान में मेरा प्रवास रहा, सातो सान मुझे उस क्लब में शाम को ले आते। मुझे अच्छा लगता।

करीब आठ दस वर्ष के बाद कराओके भारत में मिलने लगा। हिंदी गाने भी मिलने लगे। मैने पहली बार प्रयास किया। सफल हुआ। आवाज तो साधारण थी पर मुझे सैकड़ों गाने और उनकी धुन याद थीं। इसका मुझे फायदा हुआ। मैने लगभग प्रतिदिन शाम को गाना शुरू कर दिया। बाद में कुछ घरेलू समारोह के अवसर पर, कभी किसी रेस्टोरेंट के स्टेज पर शौकिया गाया। सातो सान का धन्यवाद जिन्होंने मुझे कराओके से परिचय 2006 में कराया।

मुझे संगीत बचपन से पसंद था अब गायन में एक गहन शांति का अनुभव होता।

प्रभा कभी नहीं गाती थी। उसे यद्यपि पुराने गाने पसंद थे। पर गाने का कोई हुनर नही था।

उसे मेरे गाने सुनना पसंद था। कुछ गाने तो वो बड़े अनुरोध के साथ मुझसे सुनती थी जैसे निकाह फिल्म के गाने।

पुराने रोमांटिक गाने उसे बेहद पसंद थे।

किसी भी सामान्य दंपत्ति के समान उन दिनों हम भी घर में रहकर खाली समय में अच्छा खाना बनाते, टीवी के उस समय के लोकप्रिय कार्यक्रमों का आनंद लेते।

सिनेमा देखना भी हमारा एक प्रिय समारोह होता था। समारोह इसलिए कि फिल्म का चुनाव बड़ी सावधानी से किया जाता। मध्यांतर में जलपान एक बड़ा आकर्षण होता था। फिल्म समाप्त होने के बाद हल्दीराम या बिकानेरवाला में भोजन किया जाता। फिल्म के बारे में मेरी ओर प्रभा की पसंद एक जैसी थी। आमिर खान की "पीके" हम दोनो को बेहद पसंद थी। इसमें शायद भगवान और एलियन का पहली बार प्रयोग हुआ था। पीके का भोजपुरी लहजा प्रभा को खूब हंसने का अवसर देता था। हमने कम से कम दस बार पीके देख डाली थी। इसी प्रकार रणबीर कपूर की फ्लॉप फिल्म "जग्गा जासूस" की कॉमिक बुक बनावट हमे अच्छी लगी। फिल्म का जिक्र चल रहा है तो सन 2000 में आई रितिक रोशन की फिल्म "कहो ना प्यार है" हमारी विवाह के बाद पहली फिल्म थी। हम आधी फिल्म छोड़कर घर आ गए थे।

पुरानी संगीतमय फिल्मों की प्रभा दीवानी थी। उसकी पसंदीदा फिल्म थी "पाकीज़ा"। एक और फिल्म का जिक्र किए बिना ये किस्सा समाप्त नहीं हो सकता। "गदर एक प्रेम कथा"! इस फिल्म के हम दोनो दीवाने थे। हमने ये फिल्म कम से कम बीस बार देखी होगी।

नई सदी भारत में टीवी चैनल्स की भरमार लाई थी। ऐसे में ऐसा कैसे हो सकता था कि हम इस लहर से अछूते रहते।

बहुत सी टीवी श्रृंखलाएं मुझे और प्रभा को पसंद थीं। "रामायण" और "महाभारत" के दो नए संस्करण जब टीवी पर आए तो मैंने और प्रभा ने एक भी भाग नही छोड़ा। अभी कुछ साल पहले आया "सिया के राम" अत्यंत उच्च कोटी का धारावाहिक लगा। इसी प्रकार "अशोका" और "चंद्रगुप्त मौर्य" धारावाहिक हमने अत्यंत उत्सुकता से और प्रसन्नता से देखे।

इस समय जब मैं इन पंक्तियों को लिख रहा हूं, मैं एक पुस्तक पढ़ रहा हूं, "सीता के जाने के बाद राम।"

सबसे चकित कर देने वाली बात यह थी कि हर भारतीय पति पत्नी में घरेलू धारावाहिक पर होने वाली लड़ाई हमारे बीच कभी नही हुई। घरेलू कलह वाले धारावाहिक तो बड़े भाई के साथ रहकर शायद हमने मन भर कर देख ही लिए थे। अब कोई इच्छा बाकी नहीं बची थी।

मुझे नेशनल जियोग्राफिक और डिस्कवरी चैनल बहुत पसंद थे। वहां मैं हिस्ट्री, जियोग्राफी, स्पेस साइंस, ट्रैवल आदि पर आधारित शो देखता था। या फिर पुराने गानों का एक चैनल देखता था जिसपर हर समय पुराने गाने चलते रहते थे।

प्रभा जब शाम का काम समाप्त कर के आती तो मैं पुराने गानों का चैनल लगा देता। उसे ये बेहद पसंद थे।

जैसे जैसे समय गुजरता गया प्रभा डिस्कवरी आदि चैनल में भी पूरी रुचि लेने लगी। हम दोनो की देखा देखी बच्चों को भी ये सब देखने की आदत पड़ गई। उनका बहुत आरंभ में ही कार्टून चैनल से मोह भंग हो गया था।

2000 के दशक में ये सब आनंद दायक गतिविधियां थीं।

विशाल एवम आलीशान मॉल्स खुल रहे थे।

उन मॉल्स में एक से एक आकर्षण जमा रहते थे। विदेशी कपड़ों के ब्रांड, सिनेमा हाल, खानपान के ब्रांड्स इत्यादि। हम उतना सामर्थ्य नहीं रखते थे पर मॉल्स में जाना अच्छा लगता था। एक सामान्य मध्यम वर्गीय जिंदगी।

2008 में एक नन्ही परी ने और संसार में प्रवेश किया।

उसका एक कठिन नाम रखा गया। स्वास्तिका।

अब उड़ानों को पंख लग गए। मैं और मां जो सिर्फ दो थे अब पांच हो गए। दिन हवा बन कर बीतने लगे।

अल्बर्ट आइंस्टीन ने "थियरी ऑफ रिलेटिविटी" की सही परिभाषा दी है।

कहा है कि,"समय वही चाल चलता है पर अच्छा समय तेजी से बीतता हुआ प्रतीत होता है वहीं बुरा समय धीरे धीरे चलता है।"

कितनी सही बात है।

मुझ से ज्यादा ये कौन जानता है अब।

जीवन में सब कुछ था। मां थीं, एक देवकन्या समान पत्नी थी, दो बेटियां थीं, प्यार करने वाली बहन थीं, एक अच्छी नौकरी थीं, इज्जत और सम्मान था। पर सब जानते हैं समय कभी एक जैसा नहीं रहता। मैं भूल चुका था यह बात। वो भी विश्व साहित्य का पाठक होकर।

8. धरम करम।

"तुझमें रब दिखता है...यारा मैं क्या करूं
सजदे सर झुकता है...यारा मैं क्या करूं।"

बकौल शायर:

"उम्र तो सारी कटी, इश्के बुतान में मोमिन..
आखिरी वक्त में क्या खाक मुसलमा होंगे।"

स्थान: दिल्ली
समय: सन 2010 से 2015

ऊपर वाले की दया से प्रभा की धरम करम में कोई विशेष रूचि नहीं थी। ऐसा मैं इसलिए कह रहा हूं क्योंकि मेरी भी रुचि नहीं थी। मुझे प्रभा की यह बात बहुत पसंद थी। इतनी दयालु, इतनी करुणा मय। पूर्ण संतोषी, पूर्ण परोपकारी। पर पूजा पाठ में कोई रुचि नहीं। क्या शानदार संयोग था।

मैने बचपन से ही किताबें पढ़ने की आदत डाल ली थी। 1980 के दशक में एक आम परिवार के बच्चे को किताबें कहां सुलभ होती थीं। या तो 20 पैसे प्रतिदिन के किराए पर उपलब्ध थीं या फिर किसी सार्वजनिक पुस्तकालय में। एक तीसरा रास्ता भी था। गीता प्रेस, गोरखपुर से कुछ धार्मिक प्रकाशन होते थे। अगर आप के परिवार में कोई धार्मिक व्यक्ति हैं तो इस बात की संभावना होती थी कि वो व्यक्ति वार्षिक शुल्क भर कर उसे डाक से मंगाता हो।

मेरे परिवार में ऐसा सदस्य मां ही थीं। मैने 10 साल की उम्र में ही धार्मिक किताबों का अध्ययन शुरू कर दिया। पढ़ने का इतना शौक था कि साइन बोर्ड भी ध्यान से पढ़ता था। बहुत सारी धार्मिक किताबों को पढ़ने के बाद भी मैं उनकी मौलिक अवधारणा

"भगवान" से बिलकुल भी सहमत नहीं था। मुझे पता नही क्यों ये सब बनावटी और अतार्किक लगता। जब लोग एक बिंदु पर आने के बाद कहते कि भक्ति में तर्क का कोई स्थान नहीं होता तो और अधिक बनावटी लगता।

तब तक मेरा परिचय ब्रह्माण्ड विद्या(कॉस्मोल्जी) से नही हुआ था।

मां के धार्मिक होने का वैसे तो कोई कारण भारत जैसे देश में नही होता, न ही कोई कारण ढूंढना भी चाहिए, पर कुछ कारणों का यहां उल्लेख आवश्यक है।

मां का जन्म 1941 की गर्मियों में एक ऐसे परिवार में हुआ था जो ब्राह्मण परिवार था और उनके पिता एक अंश कालिक परंतु प्रकांड ज्योतिषी थे। उनके परिवार को दान में कई एकड़ जमीन मिली थी। साथ में मिला था एक अत्यंत प्राचीन मंदिर। ये गांव पहले राजस्थान में होता था और रेत से ढका रहता था। आश्चर्य की बात यह है कि बाद में हरियाणा में आने के कुछ दशकों बाद समस्त रेत गायब होती चली गई। इस प्राचीन मंदिर के नीचे मरम्मत के दौरान एक और मंदिर मिला। मैं तब छोटा था। मोमबत्ती लेकर अंदर उतरा तो देखा एकदम ऊपर वाले मंदिर के समान स्थापत्य कला। बाद में सुनने में आया कि उसके नीचे एक तीसरा मंदिर भी है।

मां के धार्मिक होने का दूसरा कारण यह था कि 32 साल की उम्र में जब मां के तीन संतान हो चुकी थीं, तब मेरे पिता की हृदयाघात से मृत्यु हो गई। अब भगवान ही हमारा सहारा था। और भी कई परोक्ष एवम अपरोक्ष कारण थे। जैसे बड़े भाई का घमंडी, बदतमीज और खुदगर्ज निकलना। भाई भाभी के प्रतिदिन के झगड़े और गाली गलौज।

प्रभा के आगमन के कुछ सालों तक ये चला फिर हम संभल गए। मां ने भाई को उसी घर में रखा पर अलग कर दिया। हम नीचे की मंजिल पर रहने लगे और भाई भाभी को मां ने ऊपर की मंजिल पर रहने भेज दिया। आश्चर्य की बात। अलग होते ही भाई भाभी शांति से रहने लगे। उनके दोस्ती जय वीरू की दोस्ती बन गई।

मां देश के सभी प्रमुख तीर्थों की यात्रा कर चुकी थीं। अमरनाथ, बद्रीनाथ, पुरी और पता नही कहां कहां। कुछ धार्मिक स्थानों की यात्रा मैने भी कई बार की थी। पर कारण था पर्यटन, समाज शास्त्र और भूगोल में मेरी अथाह रुचि।

ब्रह्माण्ड विद्या या कॉस्मोल्जी में रुचि पहली ही किताब से बन गई।
किताब भी वो जो 30 वर्षों से आज भी सबसे अधिक बिकने वाली पुस्तक है।

स्टीफन हॉकिंग की "ए ब्रीफ हिस्टरी ऑफ टाइम"!

इस छोटी सी पुस्तक ने मेरे दिमाग में बड़ी सी खिड़की खोल दी।

मैं मारा मारा फिरने लगा एक किताब घर से दूसरे किताब घर।

कुछ और भी नायाब मोती मिले। मैं दो साल तक कॉस्मोल्जी की पुस्तकें ही पढ़ता रहा।

अब समस्या और बढ़ गई। ये तो समझ में आता था कि हमारे दो प्रसिद्ध धार्मिक ग्रंथ वास्तव में भारत का ही इतिहास हैं। हजारों साल पहले लिखे गए महाभारत और रामायण कल्पना के सहारे लिखना संभव नहीं था।

हजारों साल पहले संचार और यातायात के साधन अत्यंत सीमित थे। कश्मीर से लेकर श्रीलंका और त्रिपुरा से लेकर द्वारका तक का वर्णन इन ग्रंथों में विस्तार से मिल जायेगा।

इतना ही नहीं, पूरे भारतवर्ष में या यूं कहिए पहले के विशाल भारतवर्ष में इन नायकों को सब जानते हैं, पूजते हैं।

इन ग्रंथों को थोड़ा बढ़ा चढ़ाकर अवश्य प्रस्तुत किया गया हो कालांतर में, परंतु ऐसे महाकाव्य और महागाथा की हजारों साल पहले रचना करना जिसमे बीस हजार किलोमीटर से अधिक की प्रामाणिक और तथ्यात्मक यात्रा हो, संभव नहीं है।

मैं मानता था कि यह ग्रंथ भारत का इतिहास हैं न कि लेखक की कपोल कल्पना।

भारत के लगभग प्रत्येक राज्य में ऐसे ऐतिहासिक स्थल जरूर मिल जायेंगे जिनका महाभारत या रामायण में उल्लेख होगा।

जब इस इतिहासिक तथ्य को ब्रह्माण्ड शास्त्र के साथ मैने जोड़कर देखा तो ये साफ हो गया कि इतने छोटे से ग्रह में, इतने छोटे से काल खंड में, कंस और रावण को पराजित करने के लिए ब्रह्माण्ड के रचयिता को अवतार लेने की कोई आवश्यकता नहीं थी।

मेरे लिए आगे प्रश्न यह था कि ये सब नायक और चरित्र कौन थे?

सभी साधारण मानवों से अधिक शक्तिशाली थे। सभी के पास कोई ना कोई आधुनिक तकनीक भी अवश्य थी।

चाहे वो कृष्ण का सुदर्शन चक्र हो या ब्रह्मास्त्र। चाहे वो राम लक्ष्मण के अग्निबाण हों या रावण का पुष्पक विमान।

हजारों साल पहले ये तकनीक उनके पास कैसे थी?

और जब वे भगवान या भगवान के अवतार ही थे तो उन्हें आधुनिक तकनीक की क्या आवश्यकता थी?

यह प्रश्न करीब 10 साल तक अनुत्तरित रहा जब तक मैंने अंतरिक्षयात्री सिद्धांत के बारे में नही सुना।
प्राचीन अंतरिक्षयात्री सिद्धांत। परंतु इसके बारे में फिर कभी।

तो बात हो रही थी कि प्रभा की धरम करम में बहुत कम रुचि थी जो मुझे बेहद पसंद थी। पूजा पाठ करते हुए मैने उसे केवल तब देखा जब किसी तीज त्योहार पर मां ने उसे करने को कहा।

विवाह के आरंभिक दिनों में थोड़ा सा रुझान था उसका पूजा में।
लेकिन एक रात फुरसत में मैने उसे कॉस्मोलजी के बारे में विस्तार से बताया। बताया की ब्रह्माण्ड में अरबों आकाशगंगा हैं।
"एक आकाशगंगा में करोड़ों सूर्य होते हैं। एक आकाशगंगा से दूसरी आकाशगंगा के बीच अनंत शून्य है। प्रकाश की गति करीब तीन लाख किलोमीटर प्रत्येक क्षण है। हमारी आकाशगंगा की लंबाई एक सिरे से दूसरे सिरे तक करीब दो लाख प्रकाश वर्ष है। इसका मतलब है की टॉर्च की रोशनी को दो लाख साल लगेंगे तीन लाख किलोमीटर प्रत्येक सेकंड की गति से सिर्फ हमारी आकाशगंगा के एक सिरे से दूसरे सिरे तक पहुंचने में। और ऐसी अरबों आकाशगंगा ब्रह्माण्ड में हैं।"

"बस अब मुझे डर लग रहा है।"
प्रभा उस रात बोली और मेरे वक्ष में मुंह छुपा लिया।
वो बहुत ज्ञानवान थी।
अंदर से मजबूत। बुनियाद से मजबूत।
मैं समझ गया था कि वो सब अपने अंदर उतार चुकी है।

कुछ सालों बाद "अंतरिक्ष यात्री सिद्धांत" मैने प्रभा से साझा किया।
वह चुपचाप और ध्यान से सुन रही थी।
अपने अंदर का ज्ञान और उचित निर्णय लेने की समझ तो उसमे शायद बचपन से ही थी।
यह तब की बात है जब Ancient Aliens श्रृंखला इंटरनेट और टीवी पर नही आए थे। पुस्तके ही हिंदुस्तान में अहम जानकारी पहुंचाती थीं। कुछ ही सालों के बाद टीवी और इंटरनेट पर अंतरिक्ष से जुड़े कार्यक्रमों की भरमार हो गई। यह युवाओं का एक नया शौक बन गया था अब।

ऐसा नहीं था की प्रभा को मेरी प्रत्येक बात पर विश्वास हो, पर अधिकांश बातों को वो अपने विचार से मिलाकर देखती थी और संतुष्ट होने पर ही अपनाती थी। ये विचार भी शायद उसने बिना कुछ बोले आत्मसात कर लिया था।

मुझे ऐसा उसके चेहरे से लगा।

हम एक दूसरे का चेहरा पढ़ लेते थे।

मैं और प्रभा मां और बच्चों के साथ मथुरा, वृंदावन, ऋषिकेश, हरिद्वार, खाटू श्याम तथा और भी कई स्थानों पर गए। कई कई बार गए। हमें इन स्थानों पर जाना पसंद था। ये हिंदुस्तान के प्राचीन ऐतिहासिक स्थान थे चाहे धार्मिक स्थान हो ना हों। इसमें कोई संशय ही नही था। परिवार के साथ इन स्थानों की यात्रा एक उत्सव है। भारत की परंपरा का एक हिस्सा है। ये सबसे मीठी यादें हैं। ऋषिकेश शायद प्रभा को सबसे अधिक पसंद था। मुझे भी।

प्रभा को परिवार के साथ कोई भी यात्रा करना अत्यंत प्रिय था।

9. यात्राएं और जीवन के पल!

"जिंदगी के सफर में गुजर जाते हैं जो मुकाम..
......वो फिर नही आते।"

बकौल शायर:

"एक मुसाफिर के सफर जैसी है सब की दुनिया
.....कोई जल्दी तो कोई देर से जाने वाला।"

यात्रा करना मुझे प्रिय था। उससे दुनिया की जानकारी बढ़ती थी।
बचपन में लगभग सभी यात्राएं फूफाजी के साथ की थीं।
विवाह के बाद कुछ और यात्राएं प्रभा और फूफाजी के परिवार के साथ। फिर कुछ यात्राएं मां, प्रभा और दोनो बच्चों के साथ।
किसी भी यात्रा में हम बिना मां को साथ लिए नही जाते थे। मां ने हम सब से ज्यादा यात्राएं की थीं। लगभग पूरा भारत। कश्मीर से कन्याकुमारी और बंगाल से गुजरात।

मैं प्रभा, मां और बच्चों के साथ अनेक यात्राओं पर गया। मथुरा, वृंदावन, ऋषिकेश, हरिद्वार, खाटू श्याम धार्मिक यात्राएं कह सकते हैं। मसूरी, नैनीताल, लैंडसडॉन, जयपुर, उदयपुर को पिकनिक कह सकते हैं। प्रभा को यात्रा करना प्रिय था अपने परिवार के साथ। वो इन यात्राओं में सदा प्रसन्न रहती। बच्चो को नए स्थान दिखाना हम दोनो को अत्यंत प्रिय था।

तब समस्त भारत का मध्यम वर्ग यह आनंद लें रहा था। अत्यंत सामान्य बात थी।
पूरे साल काम पर जाओ और साल में परिवार के साथ दो तीन यात्राओं पर जाओ। आकर पुनः काम पर लग जाओ।

मार्च 2020 तक इसमें कोई भी असामान्य बात नही थी।

मार्च 2020, से पहले राष्ट्रीय स्तर पर लॉक डाउन के बारे में कोई नहीं जानता था। वैश्विक महामारी का कोई अधिक अनुभव कई पीढ़ियों से नही था। डेंगू, चिकनगुनिया जैसी कुछ महामारियां आई थीं। परंतु ये सब इतना संक्रमणकारी और भयानक नही था जितना कोरोनावायरस।

किसी को स्वप्न में भी अनुमान नहीं था कि दो साल तक पर्यटन ठप्प हो जायेगा। सब्जी लेने भी मास्क पहन कर जाना पड़ेगा। उसके बाद भी जोखिम होगा।

कोरोनावायरस से पहले की दुनिया बहुत अलग थी। अब पर्यटन पर जाने की बात तो बहुत दूर थी लोग घर से ऑफिस का काम करने लगे थे। घर से बाहर निकलने पर पुलिस के डंडे खाने पड़ते थे। मास्क ना पहनने पर जुर्माना लगता था।

सबसे विशेष यात्रा प्रभा के साथ हमारी रांची और जमशेदपुर की थी। प्रभा के छोटे भतीजे की सगाई का अवसर था।

लड़की का परिवार जमशेदपुर में था। प्रभा के बड़े भाई ने रेल की टिकट के लिए हमसे पूछा। हमें उसमे एक यात्रा का अवसर दिखाई दिया। हमने उन्हें कहा कि हम अपने आप समय पर दिल्ली से जमशेदपुर पहुंच जायेंगे। मैंने दिल्ली से रांची हम सबकी हवाई टिकट करा ली। रांची से जमशेदपुर सड़क का रास्ता था। बच्चों को सभी बच्चों की तरह हवाई यात्रा अत्यंत प्रिय थी।

रांची में हम एक दिन के लिए रुके। क्रिकेट स्टेडियम, धोनी का घर और रांची की झील देखी।

मां, प्रभा और बच्चों को ये प्राचीन शहर भा गया।

दो दिन बाद हम टैक्सी से रांची से जमशेदपुर की ओर चले।

झारखंड का नाम उसके दर्शन जैसा ही था।

मेरे लिए ये संथाल जनजाति का राज्य था।

संथाल झारखंड राज्य की एक प्रमुख अनुसूचित जन जाति है। यह भारत की प्राचीनतम जनजातियों में से एक है।

हम निरंतर झारखंड की प्राचीन बंजर सी भूमि को देख रहे थे। आत्मसात कर रहे थे कि सदियों से यहां के लोगों का कठिन जीवन कैसे बीता होगा। वाहन चालक ने बताया की मुख्य मार्ग से हटकर एक सुंदर जल प्रपात है जिसका नाम है दशम जल प्रपात। हमें तो हां कहना ही था। मुख्य मार्ग छोड़कर कार अंदर पहाड़ों के ऊपर चढ़ने लगी।

कुछ ही किलोमीटर की वीरानी देख कर समझ आ गया की यह एक यादगार क्षण होने वाला है।

बहुत आगे पहाड़ के ऊपर से एक भारी जल प्रपात गिर रहा था। एक नदी ही थी जो पहाड़ से उस वीरान उजाड़ जंगल में गिर रही थी। हम सबके लिए यह एक यादगार क्षण था।

काश मैं वक्त को यहीं रोक लेता। काश....।

दोनों बेटियां जब बड़ी होने लगीं तो उनका जन्म दिवस मनाने का हमने एक नया तरीका खोजा।

दोनो का जन्म दिवस अक्टूबर में आता था। हम अपना घूमने का वार्षिक कार्यक्रम बारी बारी से उन दोनों बच्चों के जन्म दिवस पर बनाने लगे।

बड़ी बेटी नंदिनी के जन्मदिवस पर प्रभा पहली बार नैनीताल गई। मैं स्कूल और कॉलेज के दिनों में अपने कुछ दोस्तो के साथ दो बार पहले भी नैनीताल आ चुका था। पर वो 25 साल पहले को बात थी।

नैनीताल प्रभा को खूब पसंद आया। अक्टूबर की सर्दी सुबह और शाम को दिल्ली की जनवरी की सर्दी जैसी चुभ रही थी। पर सब उस मौसम का आनंद ले रहे थे। हमारे साथ इस बार दीदी और उनकी बेटी भी थीं। नैनीताल की खूबसूरत झील के किनारे बने होटल मैं हमने अत्यंत उल्लास से बड़ी बेटी नंदिनी का जन्म दिन मनाया। झील में सब ने बोटिंग की। रात को छोटी बेटी का जन्म दिन अग्रिम तौर पर मनाना था।

अब सिर्फ यादें रह गई हैं।

"मेरे पी को पवन किस गली ले चली...
कोई रोको मेरी जिंदगी ले चली।
वक्त बीजा था, बोया था, जिसके लिए...
मैने पल पल संजोया था, जिसके लिए...
मेरी दिन रात की रोशनी ले चली।"

यात्राओं की बात एक यात्रा के जिक्र किए बिना अधूरी रह जायेगी। मेरी ससुराल यात्रा। जी नहीं, जेल यात्रा नही। प्रभा के गांव की यात्रा।

अत्यंत अचरज की बात थी कि चाहते हुए भी अपनी 21 साल की विवाहित जिंदगी में एक रात भी मैं प्रभा के गांव में नही रुका था। इसका सबसे बड़ा कारण यह था की वहां

बिजली दो चार घंटे ही आती थी। प्रभा के पिता और भाई नही चाहते थे कि मुझे कोई तकलीफ हो। इतने संवेदनशील लोग थे। मैने शायद एक आध बार कहा भी कि मैं रुक जाता हूं। पर उन्होंने मना कर दिया कि आपको बिना बिजली के परेशानी होगी। फिर ये बात शायद आई गई हो गई।

ससुराल यात्रा की दो प्रक्रियाएं थीं। पहली, जब प्रभा को साल में एक आध बार गांव रुकने जाना होता था तो हम सुबह दस बजे दिल्ली से निकलते और दोपहर एक बजे तक गांव पहुंच जाते जो दिल्ली से करीब 100 किलोमीटर दूर उत्तर प्रदेश में था। जाते ही मुझे चाय दी जाती। फिर आधे घंटे बाद दोपहर के भोजन का समय हो जाता। भोजन के बाद मैं प्रभा के पिता के साथ खटिया पर बाहर छाया में बैठ जाता। बिजली अक्सर नही होती थी। शाम के चार बजते ही मैं वापिस दिल्ली की ओर चल पड़ता अगले हफ्ते प्रभा को वापिस लेने आने के लिए।

दूसरी प्रक्रिया भी पहली के ही समान थी। उसमे उसी दिन प्रभा शाम के चार बजे मेरे साथ वापस चल देती। साथ में चलती बहुत सारी ताज़ी सब्जियां जो खेतों से तोड़कर कार में रख दी जाती।

दिल्ली से गांव आते और जाते हुए मैं प्रभा और बच्चों को हंसाता हुआ जाता। जान बूझ कर अजीब साइन बोर्ड पढ़ता हुआ चलता।
"वो देखो रेडिसन ग्रीन।" एक छोटे से ढाबे पर लिखा हुआ दिखाता।
बच्चे मुस्कुराते।
प्रभा जोर से हंसने लगती।
प्रभा की हंसी मेरी जान थी।
उसका हंसता दमकता मासूम चेहरा मेरे लिए ब्रह्माण्ड को जान लेने के समान था।

"ये ज़मीं रुक जाये...
आसमा झुक जाये...
तेरा चेहरा जब नज़र आये!"

प्रभा के पिताजी बहुत सक्रिय व्यक्ति थे। सुना था बचपन में हिंदी फिल्मों मैं कलाकार बनने के लिए बंबई भाग गए थे।
तब बंबई ही था। मुंबई नहीं।

भारत के हजारों लोग पिछले कुछ सालों तक अपनी जवानी में ऐसा सदा करते ही आए थे तो कोई नई बात नहीं थी इसमें।

प्रभा के पिता खेती करते थे और खेती की अच्छी समझ रखते थे। उन्हे राज्य के कृषि विभाग से कई पुरस्कार भी मिल चुके थे। मैं उनसे फसलों की बात करता। वो नए बीजों के बारे में मुझे जानकारी देते।

हम दोनो में एक सरल संबंध था।

एक रात वो अपने खेत पर सो रहे थे। अचानक किसी अनजान व्यक्ति ने उनके सिर पर गोली मार दी। शायद वो ज्यादा अंदर नहीं जा पाई। अजब जीवट था। प्रभा के पिता उठे और खेत से घर तक पैदल पहुंच गए। अपने एक बेटे को गोली दिखाई। उन्हे तुरंत ग्रेटर नोएडा के एक बड़े हॉस्पिटल ले जाया गया। रात को दो बजे मैं और प्रभा भी दिल्ली से पहुंचे। उनका इलाज चला। ठीक हो गए।

कुछ महीने घर में रहे। बहुत कमजोर हो गए थे।

फिर वो एक दिन परमात्मा में लीन हो गए।

अत्यंत दुखद घटना थी वह।

10. पुणे से वापिस दिल्ली।

"दर्द की शाम हो या...
सुख का सवेरा हो...
सब गंवारा है मुझे...
साथ बस तेरा हो..
जीते जी...मर के भी...
हाथ में हाथ रहे।"

स्थान: रानी बाग, दिल्ली।
समय: सितंबर, 2020

2 सितंबर, 2020 को पुणे की उड़ान से मैं और प्रभा छह महीने का वनवास भोग कर अपने घर दिल्ली आ गए।

बच्चे और मां एक दिन पहले ही दीदी के घर छह महीने रहकर अपने घर आए थे। भाई ने अपने साथ ना रखने की मजबूरी बता दी थी। कहा था,मैं अपने पास मां और बच्चों को नहीं रख सकता। भाभी बीमार रहती है और सब का खाना नही बना सकती है। ऐसे मौकों पर ये सदाबहार बहाना होता था। जब दूसरों के घर दावत पर जाना होता था तो भाभी कभी बीमार नहीं रहती थी।

पिछले छह महीने हम सब के लिए मुश्किल भरे थे। अपने घर वापिस आ कर हम सब सावधान थे पर प्रसन्न थे।
घर से बाहर नहीं जा सकते थे। घर में किसी को बुला नही सकते थे। हमने सोचा कि शायद जल्दी ही यह वायरस चला जाए। कोई टीका आ जाए या संक्रमण दर में कमी आ जाए। परंतु फिर भी हम बेहद सावधान थे।

मां का वजन चिंता की वजह से बहुत कम हो गया था। बच्चे भी कुछ चिंतित दिखाई देने लगे थे। उनका स्कूल जाना और खेलने जाना बंद था। परंतु एक साथ इतने दिन बाद वापिस एकत्रित होकर हमारा मनोबल बढ़ गया था। घर में ही सही, पर हम एक सामान्य जिंदगी बिताने की पूरी चेष्टा कर रहे थे।

वायरस के संक्रमण का दर दिन प्रतिदिन बढ़ता ही जा रहा था। टीवी के न्यूज चैनल्स एक से एक बुरी खबर दिखा रहे थे। आस पड़ोस और रिश्तेदारों से भी प्रतिदिन कोई बुरी खबर आ रही थी।

(15 सितंबर, 2020. कोरोनावायरस लॉक डाउन का भारत में 174वा दिन।
"भारत की वायरस के खिलाफ लड़ाई अभी लंबी चलेगी।" स्वास्थ्य मंत्री हर्ष वर्धन।
सोर्स: द हिंदू, 15 सितम्बर, 2020)

ये कोरोना वायरस की पहली लहर थी। इसमें ठीक होने की दर 99% तक थी। इस वायरस का कोई इलाज नहीं था। कोई रोग प्रतिरोधी टीका भी तब तक नहीं बना था। केवल लक्षण आधारित इलाज था। खांसी है तो खांसी की दवाई। बुखार है तो बुखार की। दोनो हैं तो दोनो की। कोई तीसरा लक्षण है तो उसकी भी।

यह वायरस चीन में पैदा हुआ या पैदा किया गया।
30 दिसंबर 2019 तक चीन के शहर वुहान के हस्पतालों में कई लोगों को तेज़ बुखार और निमोनिया की शिकायत हुई। पहला मामला 1 दिसंबर 2019 को बीमार पड़े एक 70 साल के बुजुर्ग का आया था। सभी मामले वुहान की समुद्रीय खाद्य पदार्थ मार्केट से जुड़े हुए थे। डॉक्टरों ने आशंका जताई थी कि ये सामान्य निमोनिया के मामले नही हैं। जांच के बाद शुरुआती नतीजों में ही इसके सार्स से मिलते जुलते नोवेल कोरोना वायरस के संकेत मिल गए थे। चीन के अधिकारी अगले 18 दिनों तक यानी 18 जनवरी, 2020 तक ये कहते रहे कि इस वायरस का संक्रमण इंसानों से इंसानों तक नहीं हो रहा है।

चीन की हठधर्मिता के कारण विश्व इसकी चपेट में आ गया।

इस वायरस की उत्तपत्ति के तीन सिद्धांत थे।
पहला, यह प्रयोगशाला में बना जैविक युद्ध का हथियार है।
दूसरा, वुहान की वायरोलॉजी लैब से लीक मानव निर्मित वायरस है।
तीसरा, एक चमगादड़ से वुहान के मांस के बाजार के ज़रिए इंसानों तक पहुंचा है।

इनमे से आज तक किसी भी सिद्धांत पर पूर्ण सहमति नहीं है। आज भी डंडे के जोर से ही दुनिया चलती है। जिसकी लाठी उसकी भैंस। चीन एक वित्तीय महाशक्ति था। उसकी लाठी थी और उसकी ही भैंस थी।

अब एक और समस्या साथ चल रही थी।

हमारा एक जमीन के टुकड़े पर बना हुआ दो मंजिल का घर था।

1980 में मां ने अपने पैसों से घर खरीदा था। बहुत सस्ता।

तब एक मंजिल का था। बहुत पुराना था तब भी। सर्दी में आग जलाने के लिए प्रत्येक कमरे में फायर प्लेस बनी हुई थीं। दीवारें 14 इंच की थीं पर दिक्कत यह थी कि दीवारों की चिनाई सीमेंट से नही हुई थीं।

ऐसे ही कमरे की छत पर लैंटर नही था लकड़ी के तख्ते थे।

1994 में मां ने घर ठीक कराया पर कर्ता धर्ता बड़े भाई थे। अपनी आदत अनुसार उन्होंने खूब पैसा खाया। भू तल की थोड़ी बहुत मरम्मत कराई और सारा पैसा पहली मंजिल बनाने में लगा दिया जहां वो रहते थे। भू तल पर मां, मैं और प्रभा रहते थे दो छोटी बेटियों के साथ।

दिल्ली और दिल्ली के आसपास का क्षेत्र भूकंप संभावित क्षेत्र में पड़ता है। यहां हर साल छोटे बड़े भूकंप आते रहते हैं।

हर साल के प्रहार से हमारे भू तल की छत पर दरारें बढ़ रहीं थीं।

कभी भी किसी भूकंप में हम पांचों के ऊपर छत गिर सकती थी।

लॉक डाउन तो बीच बीच में हट जाता था पर डर और सावधानी पूरी बनी रहती थी।

मां ने भाई से कुछ बात की और उसे किसी तरह राज़ी कर लिया कि बिल्डर को दो मंजिल देकर कुल चार मंजिल बना लेते हैं।

भाई की पहली मंजिल मां के पैसों से पहले ही मजबूत और अच्छी बनी हुई थी। वहां हवा, पानी, धूप सब कुछ आता था। वो कोई कष्ट लेना नही चाहता था। उसके लिए सब ठीक चल रहा था। परंतु अपने स्वभाव के विपरीत वो पता नही कैसे इस बात को मान गया। उसने आश्चर्यजनक रूप से मेरे नाम का सुझाव दिया बिल्डर ढूंढने और बिल्डर से मां का अनुबंध कराने के लिए। हमारे लिए ये अनहोनी से कम नहीं था। उस वक्त तक हम बिलकुल नहीं जानते थे कि उसके मस्तिष्क क्या चल रहा है।

काश हम जानते होते।

11. सच्चा मित्र।

"दोस्ती इम्तिहान लेती है...
दोस्तों की जान लेती है।"

इन बीस वर्षों में प्रभा और मैं बहुत अच्छे मित्र बन गए थे। एक दूसरे की भावनाओं को अच्छी तरह समझने लगे थे। परंतु हम एक दूसरे से कम बोलते थे। बोलने की आवश्यकता ही नहीं पड़ती थी। जैसे बैडमिंटन की मिक्सड डबल्स गेम में होता है। एक पार्टनर नेट पर गया तो दूसरा बैक में आ जाता था।

एक दूसरे पर अटूट विश्वास। हमें सारा दिन, पूरा महीना, संपूर्ण वर्ष एक दूसरे के साथ बिताना पसंद था। जिंदगी बहुत छोटी लगती थी। लगता था पृथ्वी कितनी तीव्र गति से घूम रही है। न केवल अपनी धुरी पर, न केवल सूर्य के चारों ओर अपितु आकाशगंगा के केंद्र की परिक्रमा भी तेजी से कर रही है।

"समय तू धीरे धीरे चल"

और यदि सही अर्थों में कहा जाए तो,

"कहीं ढल न जाए रात, टूट न जाएं सपने...
धीरे धीरे चल, चांद गगन में।"

कोई बड़े सपने नही थे।
ये कहना ज्यादा सही होगा कि सब सपने पूरे हो गए थे।
प्रत्येक दिन एक उत्सव की तरह आता था। हम सब अपने अपने काम में आनंदित थे।
सबको एक दूसरे का साथ अत्यंत प्रिय था।

प्रभा और मैं एक दूसरे पर पूरा विश्वास करते थे।

एक दूसरे को उपहार हमने कभी नही दिए।

हमें पता था कि हम ही एक दूसरे का सबसे प्रिय उपहार हैं।

प्रभा की एक मुस्कान मेरा सबसे बड़ा पुरस्कार थी। मेरा साथ शायद उसका भी सबसे बड़ा पुरस्कार था।

परंतु दूसरे लोगों को उपहार देने में हम सब से आगे थे। खुशी बांटने से खुशी वापिस आती है।

सबसे पुराने, सूती, पर सुविधाजनक कपड़े हम दोनो को पहनना पसंद था। किसी शादी ब्याह या उत्सव के लिए जब चमक दमक वाले कपड़े पहनने की आवश्यकता पड़ती थी तो मन मार कर हम दोनो पहन तो लेते पर जल्दी रहती कि कब घर वापिस आएं और सादी पोशाक पहन लें।

सीधी साधी जिंदगी थी। एक दूसरे के साथ गुजारना चाहते थे।

"सादगी से महंगा कोई गहना नहीं।

शायद इसलिए इसे हर किसी ने पहना नही।"

सन 2010 तक एक साधारण सी नौकरी और साधारण ही आय थी।

मैं और प्रभा मेरी पुरानी मोटरसाइकिल पर हर स्थान पर जाते। बच्चों के स्कूल, डॉक्टर के क्लिनिक, फिल्म देखने, शादी ब्याह में। हर स्थान पर। सर्दी, गर्मी, बरसात सब मौसम में। प्रभा को कोई परेशानी होती भी थी तो उसने कभी परोक्ष या अपरोक्ष रूप में मुझसे कोई शिकायत नहीं की। हम दोनो अपने आप में और अपने परिवार में खुश थे। जो जहां बुलाता था खुशी खुशी जाते थे। जो नही बुलाता था तो हमें कोई परेशानी नहीं थी। संतुष्टि का माहौल बना रहता था हर समय।

2012 के बाद मैं यूरोपियन यूनियन के ऑफिस में वित्तीय प्रमुख बन गया। नंदिनी और स्वस्तिका भी आ चुकीं थी। मैने एक सेकंड हैंड कार ले ली। अब हम आराम से कहीं आ जा सकते थे। अब हम प्रभा के गांव अधिक जाने लगे। कार लेने का सबसे बड़ा लाभ यह रहा कि हम सब एक साथ बाहर जाने लगे। सर्दी, गर्मी, बरसात से भी बचाव होने लगा। कार हमारे लिए बस एक यातायात का साधन थी ना कि समृद्ध होने का कोई सूचक।

12. जीवन की भागदौड़।

"ना मांगू सोना चांदी...
ना चाहूं हीरा मोती..
ये मेरे किस काम के।
देती है दिल दे बदले में दिल के।"

बकौल शायर,

"जब साए धानी होते थे।
जब धूप गुलाबी होती थी।"

2016 में फिर एक बड़ा परिवर्तन आया। फ्रांस की एक बड़ी डिजिटल एडवरटाइजिंग कंपनी गुड़गांव में स्थापित हो रही थी।
अब निजी क्षेत्र में काम करने वाले मेरे जैसे पेशेवर व्यक्ति किसी एक कंपनी में चार पांच साल ही काम करते थे फिर नए अनुभव लेने दूसरी कंपनी में चले जाते थे।
पूरे भारत के कॉरपोरेट जगत में ऐसा ही होता था उन दिनों।
मैने इस कंपनी में आवेदन किया। बहुत से लोगों का साक्षात्कार हुआ।
मुझे चुन लिया गया।
चुनने वाले थे मिस्टर फ्रेड। फ्रांस के मुख्य कार्यालय के वाइस प्रेसिडेंट फाइनेंस।

मेरी उनसे शीघ्र ही अच्छी बनने लगी। वो बहुत सख्त माने जाते थे परंतु मुझे वो समझ गए थे।
पहले ही हफ्ते मेरे साथ रात का खाना खाने वो मुझे गुड़गांव के साइबर हब ले गए।
खाना खाते हुए उन्होंने कहा,

"अतुल तुमसे एक बात कहना चाहता हूं।"

"कहिए।"

"तुम भारत के फाइनेंस हेड हो।"

"जी..."

"आज से यहां कोई भी गड़बड़ी होगी तो जिम्मेदारी तुम्हारी होगी।"

मैने सोचने में दो क्षण लगाए।

"स्वीकार है। परंतु मेरी भी एक शर्त है।"

"बोलो।" उन्होंने कहा।

"आप मुझे खुल कर काम करने देंगें। आप अधिक हस्तक्षेप नहीं करेंगे।"

अब फ्रेड ने सोचने में चार क्षण लगाए।

शायद चार से भी अधिक क्योंकि वो दो निवाले तंदूरी रोटी खा चुके थे इस दौरान।

"ठीक है।" वो बोले।

हाथ मिले।

फिर दो साल में वो कई बार भारत आए पर कभी हस्तक्षेप नहीं किया।

ऐसी जरूरत ही नहीं पड़ी।

2016 की गर्मियों में मैने जब इस फ्रेंच टेक्नोलॉजी कंपनी को ज्वाइन किया तो भारत में अभी ऑफिस नही खुला था।

मुझे पेरिस की रिटर्न टिकट दी गई और एक पता और नाम दिया गया।

मैं वो पता लेकर चार्ल्स डी गॉल एयरपोर्ट पर उतरा और पेरिस के मध्य भाग में पहुंचा।

कंपनी के स्वागत द्वार पर बैठी महिला को उस व्यक्ति का नाम बताया जिनसे मुझे मिलना था।

फ्रेंच नाम का उच्चारण इंग्लिश में लिखे उनके नाम अक्षरों से काफी अलग होता है।

उस महिला को मेरा इंग्लिश उच्चारण समझ नही आया।

"इस नाम के कोई व्यक्ति यहां काम नही करते हैं।"

अब मैंने उन्हें कागज़ पर नाम लिख कर दिया तो वो पढ़कर हंसने लगी।

"इसका उच्चारण फ्रेंच में बिलकुल अलग होता है सर। आप बैठिए, ये ग्लोबल प्रोजेक्ट हेड हैं। मैं उन्हें बुलाती हूं।"

मेरी जान में जान आई। मैं मिस्टर फ्रांस्वा से मिला।

मिस्टर फ्रांस्वा एक युवा और प्रतिभाशाली व्यक्ति थे। उनका काम था तूफान की गति से बढ़ती इस टेक्नोलॉजी कंपनी को पूरे विश्व में फैलाना। यह काम ही ऐसा था कि पूरा विश्व नापे बिना अच्छी तरह नही हो सकता था।

मुझे 15 दिन उनके साथ काम करना था और भारत में कंपनी स्थापित करने की बारीकियां उन्हे बतानी थीं।

मेरी कुर्सी बिलकुल उनके साथ लगा दी गई।

दिन में आठ घंटे वो सिर्फ मुझ से भारत की अर्थव्यवस्था, व्यवसायिक नियम, कराधान नियम, अकाउंटिंग इत्यादि के बारे में बात करते।

मैं उन्हें विस्तार से भारत के बारे में बताता। यह मेरा पसंदीदा काम था।

दसवें दिन उन्होंने मेरे सामने एक प्रस्ताव रखा।

"तुम मुझे ज्वाइन क्यों नहीं कर लेते सहायक प्रोजेक्ट मैनेजर के तौर पर? तुम्हे भारत के बारे में इतनी अच्छी जानकारी है। मुझे भारत के बाद एशिया के तीन और देशों में कंपनी स्थापित करनी है। तुम मेरी मदद कर सकते हो इस काम में।"

यह सब अचानक बोला गया था।

मैं समझ नही पाया कि क्या जवाब दूं।

शांत बैठा रहा।

अब वो आगे बोले, "मेरा प्रस्ताव है कि कंपनी तुम्हे तुम्हारे परिवार सहित पेरिस में रहने का घर देगी और तुम पेरिस स्थानांतरित हो जाओ।"

आज मैं देखता हूं कि हिंदुस्तान का युवा ऐसे किसी प्रस्ताव को एक सपने का साकार होना ही मानेगा। तुरंत स्वीकार कर लेगा। ना का तो कोई सवाल ही नहीं है।

परंतु मेरे मस्तिष्क में कुछ और ही विचार आ रहे थे।

मैं सोच रहा था मां के बारे में, वो अपनी दिनचर्या को इस नगरी में कैसे पूरा कर सकेंगी?

मैं सोच रहा था प्रभा के बारे में, इतनी साधारण इच्छाओं वाली लड़की अपनी जड़ों से कटकर इस अकेले समाज में कैसे खुश रह पाएगी।

मैं सोच रहा था अपने बारे में भी।

सिर्फ पैसे, चकाचौंध, रूतबे के लिए अपने देश को छोड़ा जा सकता है?

मुझे जीवन से क्या चाहिए?

सिर्फ एक प्यार भरा दिल। बहुत सा निर्बाध प्रेम।

अपने परिवार के लिए पूरा समय।

मैं एक साधारण जीवन जीना चाहता था।

मुझे किताबे पढ़ना, प्रभा के साथ रहना, मां और बच्चों के साथ पूरा समय बिताना अत्यंत प्रिय था।

समय सीमित ही है। चाहे पैसों का पहाड़ खड़ा कर दो परंतु उसे खड़ा करने में जो समय लगेगा उसकी भरपाई अपने जीवन के महत्वपूर्ण इंसानों का समय खोकर करनी पड़ेगी। मुझे यह बात अच्छी तरह समझ में आती थी। मुझे यह भी भली प्रकार पता था कि प्रभा और मां यहां आकर अकेले पड़ जायेंगे। जो जहां का पेड़ होता है वो वहीं बेहतर फल फूल सकता है।

और मां और प्रभा तो कदंब के वृष थे। कदंब के वृष की महिमा तो भारत में ही है।

मैने उन्हे जवाब दिया,

"प्रस्ताव के लिए बहुत शुक्रिया। परंतु अभी मैं कोई निर्णय नहीं ले पाऊंगा। मुझे भारत वापिस जाकर अपने परिवार से बात करनी पड़ेगी।"

मैने प्रस्ताव को एक तरह से टाल दिया था।

भारत पहुंच कर मैंने उन्हें ईमेल कर दी कि परिवार की कुछ चिकित्सकीय जरूरतों के कारण अभी मैं फ्रांस स्थानांतरित नही हो सकता हूं।

उन्होंने लिखा, "ठीक है। फिर भी मैं कुछ दिन इंतजार करूंगा।"

परंतु बात अब आई गई हो गई थी।

इस फ्रेंच कंपनी को ज्वाइन करते ही मैं एक तेज़ भागने वाली ट्रेन में सवार हो गया। ये डिजिटल परफॉर्मेंस मार्केटिंग की दुनिया थी। एक सेकंड में विश्व भर में विस्तारित सर्वर लाखों गणना करके आपके मोबाइल फोन और लैपटॉप में एडवरटाइजमेंट दे देते थे।

अगले दो साल में मैं फ्रांस, स्विट्जरलैंड, जापान और सिंगापुर के कई चक्कर लगा चुका था।

पर मैं यह जिंदगी अपने दिल से महसूस नहीं कर पा रहा था।

बिजनेस, पैसा, खूब पैसे, हर हफ्ते ऑफिस की पार्टी, हर महीने किसी के सम्मान में भोज, लगभग सभी दावतों में बहती शराब, गला काट प्रतियोगिता, नई पीढ़ी के लड़के लड़कियों में ड्रग्स का आम सेवन, ये सब मुझे संकेत दे रहे थे कि यह गलत ट्रेन है मेरे जैसे व्यक्ति के लिए। इसमें अपने काम के अलावा कुछ भी मेरी अपनी सोच जैसा नहीं है।

मानवीय रिश्तों को महत्व देने वाला साहित्यिक आदमी इसका हिस्सा अवश्य था पर उसका मन यहां नहीं था।

तो मन कहां था?

मन था एक सफेद मोतिया के फूल में, एक खिले हुए लाल गुलाब में, एक तुलसी के पौधे में।

प्रभा में। प्रभा से जितना दूर, जिंदगी से उतना दूर।

अच्छी बात यह थी कि इस विषय में मुझे कभी भी कोई गलतफहमी नहीं रही।

मैं सदा से जिस निश्छल प्रेम की तलाश में था, जानता था मुझे मिला हुआ है। उसे मैं कस के पकड़े हुए था।

फ्रेड अत्यंत काबिल इंसान थे। दो साल बाद उन्हें ग्रुप फाइनेंस हेड बना दिया गया।

बुरी खबर यह थी कि अब वो मेरे बॉस नहीं थे।

उनकी जगह एक जापानी महिला ने ली।

मेरी उस जापानी महिला से पहली मुलाकात फ्रांस और स्विट्जरलैंड की सीमा पर बर्फ से ढके पहाड़ों के ऊपर हुई। आल्प्स की पहाड़ियों पर। मेरी नई बॉस थीं। जापान में पैदा हुई, लंदन में पढ़ी थी और सिंगापुर में रहकर उसे भारत का वित्तीय प्रबंधन सुपरवाइज करना था। ये आज के ज़माने का व्यापार था साहब।

फ्रांस से भारत आकर मैं अपने काम में लग गया। पर मेरा मन इस भागदौड़ की दुनिया में नही लग पा रहा था।

ये सच था। मुझे अपना व्योम चाहिए था।

मिल नही पा रहा था।

पर मैं केवल काम पर ध्यान लगाने की कोशिश कर रहा था।

पर तभी एक और मुसीबत आ गई। इस जापानी महिला को सिर्फ कराधान का ही अधिक अनुभव था। वित्तीय प्रबंधन का नहीं। वो अपने काम के बोझ से घबरा गई थी।

जापानी संस्कृति में ना कहना बदतमीजी माना जाता है। मना करने की परंपरा नहीं है। मैं अपनी पिछली जापानी कंपनी के अनुभव से यह बात जानता था।

वह अपनी घबराहट में अक्सर गलत निर्णय लेने लगी। मुझे वो निर्णय मानने ही पड़ते थे। ना करता तो वो भड़क जाती। मैं उसे आराम से वस्तुस्थिति समझाने का प्रयास करता। समय की कमी और भारत और सिंगापुर की दूरी होने के कारण वो समझ नही पाती। मैं उसको मिल कर विचारों का आदान प्रदान करने के उद्देश्य से सिंगापुर ऑफिस भी गया।

परंतु बात नहीं बनी।

हम भारत के वित्तीय प्रबंधन और कंप्लायंस के विषय में एक मत नही हो सके।

स्थिति एक दिन अत्यंत गंभीर हो गई। मैने सिंगापुर के मानव संसाधन विभाग में अपनी बात रखी।

बदकिस्मती से मानव संसाधन विभाग की महिला की कुर्सी मेरी जापानी बॉस की कुर्सी से लगती हुई थी। वे दोनो परम मित्र थीं। नतीजा तो अब शून्य ही होना था।

मैने हार कर त्यागपत्र दे दिया। प्रभा को घर आकर बताया। वो मुस्कुराई।

बोली, "आज चाय के साथ तुम्हारे प्रिय पकोड़े बनाए हैं।"

मैं हंस दिया।

उसे पता नहीं कैसे सब पता रहता था मेरे बारे में। मैं जानता था वो खुश थी उस दिन। क्योंकि वो जानती थी मैं खुश नहीं था इस नौकरी से।

इसके कुछ महीने बाद मुझे एक जर्मन आईटी कंपनी में नौकरी मिल गई और मैं छह महीने के कॉन्ट्रैक्ट पर पुणे चला आया। वो कॉन्ट्रैक्ट समाप्त होने से पहले ही उस कंपनी ने मुझे मुख्य वित्तीय प्रबंधक का प्रस्ताव दे दिया और मैं अगले दो साल पुणे में अकेला रहने लगा।

हफ्ते में एक दो चक्कर घर के लग जाते। पर पहली बार बीस साल बाद प्रभा से दूरी थी जो हम दोनों के लिए विचित्र स्थिति थी। एक सच्चे मित्र की तरह प्रभा ने सब संभाल लिया दिल्ली में ताकि मैं अपना कर्तव्य निभा सकूं।

पर चैन न मुझे था न उसे। आखिर वायरस के कारण सितंबर 2020 में हम दोनो छह महीने एक साथ पुणे में फंसे रहने के बाद दिल्ली सकुशल आ गए थे।

13. तू है तो दुनिया कितनी हसीन है।

"तुम मुझे यूं भुला ना पाओगे।
जब कभी भी सुनोगे गीत मेरे।
संग संग तुम भी गुनगुनाओगे।"

मैने पुणे के अंतिम छह महीने के प्रवास में प्रभा के लिए बहुत सारे गाने रिकॉर्ड किए थे। म्यूजिक एप पर। प्रभा को पुराने गाने पसंद थे तो मैंने पुराने ही गाने रिकॉर्ड किए थे।

प्रभा सब को ध्यान से सुनती।

उनमें सबसे अच्छी रिकॉर्डिंग उसे दो लगीं।

पहली, निकाह के सभी गाने।

खासतौर पर,

"अभी अलविदा मत कहो दोस्तो
ना जाने कहां फिर मुलाकात हो।
बीते हुए लम्हों की कसक साथ तो होगी
ख्वाबों ही में हो चाहे, मुलाकात तो होगी।"

उसका दूसरा प्रिय गाना बना,

"मुझे छू रहीं हैं तेरी गर्म सांसे....
मेरे रात और दिन महकने लगे हैं।"

ये दोनो गाने और इन गानों में अपनी आवाज मुझे भी पसंद थी।

एक गाना जो मैंने उसे बिना रिकॉर्डिंग के लगभग रोज सोने से पहले सुनाया वो था,
"तेरा साथ है तो...मुझे क्या कमी है,
अंधेरों से भी मिल रही रोशनी है।"

एक और गाना जो मैं उसके लिए दिल से गाना चाहता था पर मेरी आवाज बेसुरी हो जाती थी,
"मेरे प्यार की उमर हो इतनी सनम।
तेरे नाम से शुरू, तेरे नाम पे खतम।"

2017 में, किसी पुराने स्कूल की सहपाठी ने सोशल प्लेटफार्म पर एक ग्रुप बनाया। कई पुराने सहपाठियों को उसमे जोड़ा।

मुझे भी जोड़ा। 30 साल के बाद स्कूल के कुछ मित्र फिर जुड़ गए, मुझे अत्यंत प्रसन्नता हुई।

कुछ खास मित्रों से जिसमे महिला और पुरुष दोनों ही थे, मैने प्रभा को मिलाया। उसे अच्छा लगा।

एक आध महीने के अंतराल पर हम सब मित्र कहीं भी जलपान पर मिलने लगे। प्रभा को कोई समस्या नहीं थी। वो सब में घुल मिल जाती थी। वो ये बात जानती थी कि यद्यपि सभी मित्र मुझे प्रिय हैं पर मेरे हृदय और मस्तिष्क पर सिर्फ उसका ही राज है। मैं उसे ही परम मित्र मानता हूं।

इतना बड़ा व्यक्तित्व एक साधारण से गांव में पली बढ़ी लड़की का था।

मुझे अत्यंत गर्व था कि मेरी किस्मत में कुदरत ने प्रभा लिखी थी। प्रभा को पाने के बाद मेरी कोई और महत्त्वाकांक्षा बची नही थी।

*जो मेरी मंजिलों को जाती है....
तेरे नाम की कोई सड़क है ना....
जो मेरे दिल को दिल बनाती है...
तेरे नाम की कोई धड़क है ना।

14. जी का जंजाल।

"होगा मसीहा सामने तेरे...
फिर भी न तू बच पाएगा।
तेरा अपना खून ही आखिर...
तुझ को आग लगाएगा।"

अक्टूबर का महीना हमें अत्यंत प्रिय था।

कारण था कि 18 और 31 अक्टूबर को दोनो बच्चों के जन्म दिन मनाए जाते थे जिसमे से किसी एक के जन्म दिन पर बारी बारी से कहीं पहाड़ या रेगिस्तान की यात्रा की जाती थी। और फिर अक्टूबर या नवंबर में अक्सर सबसे बड़ा त्योहार दिवाली भी आता था।

लेकिन इस बार कोरोनावायरस के कारण सब फीका था।

बच्चों के जन्म दिन आए कब चले गए पता ही नहीं चला।
ऐसे ही दिवाली भी आई और चली गई। हम मामले की गंभीरता को समझ रहे थे।

नवंबर 2020 में भारत में 5.4 मैग्नीट्यूड का एक और भूकंप आया। दिल्ली में भी महसूस किया गया।
नवंबर में दिल्ली में लॉक डाउन हट चुका था।
उधर बड़ा भाई आश्चर्यजनक रूप से मकान बनवाने के लिए सहमत हो चुका था।

परंतु कुछ ही दिन बाद उसने बहुत सी शर्तें रख दीं।
मां का संदेह ठीक था उसके बारे में।
कुछ उदाहरण थे कि वो पहली मंजिल लेगा, जब तक मकान बनेगा तब तक का किराया मां देंगी और मकान मैं ढूंढ के दूंगा। उसके घर के सामान का स्थानांतरण

में करवाऊंगा इसका सब खर्चा मैं दूंगा। उसके किराए का अनुबंध सीधे मेरे और मकान मालिक के बीच होगा। अपनी मंजिल पर वो अपनी इच्छा से काम करवाएगा जो अधिक पैसे लगेंगे वो मैं दूंगा। लिफ्ट और सफाई का महिनावार खर्चा वो अपने हिस्से का नही देगा।

और भी बहुत कुछ। मरता क्या न करता। भूकंप के डर से उसकी सारी शर्ते हमने मान ली।

यहां रुक कर मैं सोचता हूं तो पाता हूं कि पैसा और महिलाएं भाई की दो सबसे बड़ी कमजोरियां थीं।

पैसे को उसने सब से अधिक सम्मान दिया और महिलाओं को कभी सम्मान नही दिया।

मेरे साथ इसका विपरीत हुआ था। पैसा मेरे लिए जीने का एक माध्यम था बस।

मेरे जीवन को जीने लायक बनाने में महिलाओं का बहुत बड़ा योगदान रहा। मां, दीदी, बुआ, टीचर्स, मित्र, पत्नी इत्यादि।

भाई बहुत ही कंजूस था। जैसे फिल्म में कन्हैया लाल को दिखाते हैं उससे भी कुछ ज्यादा। उसका "चमड़ी जाए पर दमड़ी ना जाए" का सिद्धांत था। अपने घर का झाड़ू पोछा खुद करता था ताकि सफाई वाली आंटी को पैसे न देने पड़ें। यहां तक कि उसने कूड़ा एकत्रित करने वाली कर्मचारी को भी हटा रखा था जो सिर्फ सौ रूपये महीना लेती थी रोज कूड़ा उठाने का। कूड़ा भी वो खुद ही कहीं फेंक के आता था।

पिछले कई दशकों से उसने अपनी पहली मंजिल पर रंग रोगन भी नहीं किया था। एक दो बार मैंने और मां ने अपने पैसों से उसे करा दिया था। दिवाली की लाइट हम पहली मंजिल पर लगवाते तो उसे भी वो एक ही दिन जलने देता ताकि बिजली का बिल ज्यादा न आए। ये चंद उदाहरण ही थे। इसके अलावा उसकी कंजूसी पर एक पूरा ग्रंथ लिखा जा सकता था।

अब दिक्कत ये है कि कंजूस व्यक्ति सदा लालची भी होता है।

लालची को बहला के लूटना ठगों के लिए सबसे आसान होता है। ठगों ने उसे खूब लूटा। व्यापार के बहाने, निवेश के बहाने,सड़क पर राह चलते विदेशी घड़ी का लालच देकर।

हर जगह।

सारांश यह था कि मैं पूरब था तो बड़ा भाई पश्चिम। मैं उत्तर था तो वो दक्षिण। पिछले करीब तीस सालों में एक ही घर में ऊपर नीचे रहते हुए मेरी उससे न के बराबर बात होती थी।

कोई ऐसा विषय ही संसार में नही बना था जिस पर हमारी कोई हल्की सी भी राय मिलती हो।

यद्यपि उसके 11 साल बड़े होने के कारण हम दोनो की कभी लड़ाई भी नही हुई थीं। मां उसके स्वभाव को समाज से छिपा कर रखने की कोशिश करती थी। पर इश्क और मुश्क की तरह खराब स्वभाव किसी से छिपा हुआ नही था।

मां का जो अपना सम्मान समाज में था लोग उसको देख कर भाई का खराब व्यवहार बर्दाश्त कर लेते थे।

लेकिन इस बचाव से मां का अपना सम्मान कम हो रहा था।

जहां तक मेरा सवाल है तो मैं सूखे पहाड़ का वो छोटा सा पौधा था जो किसी चट्टान की दरार में अपने आप उग रहा था। मां नीचे की मिट्टी थी जो पूरा सहारा दे रही थी। ऊपर आकाश था। अच्छे बुरे मौसम थे। कड़ी धूप थी।

पानी की बूंद का लंबा इंतजार था।

कोई साथी पौधा भी न था।

अब प्रभा आई थी बहार बन कर।

चट्टानी पौधे को छांव मिली। प्यार भरी नजर मिली। और मिला ढेर सारा दुलार।

वो एक मजबूत पेड़ बन गया।

जुलाई 2018 को बड़े भाई को हृदयाघात हुआ।

किस्सा ये है कि मैं पहली बार घर से दूर पुणे जाने की तैयारी कर रहा था। सुबह करीब आठ बजे हमारी आया किसी काम से ऊपर गई। उसने नीचे आकर खबर दी कि बड़े भाई की तबियत खराब है। मैं ऊपर गया। देखा तो वो नीचे बैठ कर उल्टी करने का प्रयास कर रहा था। चेहरा लाल हो चुका था। शरीर पसीने से भरा हुआ था। मैं देख कर समझ गया कि दिल का दौरा हो सकता है। उसकी पत्नी से पूछताछ की। बड़े आराम से धीरे धीरे उन्होंने बताया कि,

"सुबह पांच बजे से तुम्हारे भाई की तबियत खराब है।"

"डॉक्टर को बुलाया है?"

"डॉक्टर वर्मा को बुलाया है पर वो दस बजे दुकान खोलते हैं।"

"फिर?"

"उनका कंपाउंडर आ रहा है।"

मैने सिर पीट लिया।

मैने कहा, "ये दिल के दौरे के लक्षण हैं। तुरंत हॉस्पिटल ले जाना होगा।"

पर मेरे इस विचार का विरोध हुआ दोनों तरफ से। यह कहा गया पहले डॉक्टर साहब आ जाएं, वो कहेंगे तो फिर चलेंगे।

ऐसा कहने के मैं जानता था दो कारण थे।
पहला डॉक्टर साहब भाभी की रिश्तेदारी में थे। वो इसलिए मुफ्त दवा देते थे।
वो 75 साल के करीब थे और खुद बीमार रहते थे। बहुत धीरे चलते थे। धीरे बोलते थे, अगर बोलते थे तो।
पर ऊंचा सुनते थे।

दूसरा कारण यह था कि इतना तला भुना खाना प्रतिदिन खाने के बाद भी भाई को अबतक मधुमेह के अलावा कोई बीमारी नहीं थी। मधुमेह की भी वो कोई खास परवाह नहीं करता था। हस्पताल जाना छोटे लोगों का काम था ऐसा शायद उसका मानना था। जो मोटर साइकिल से कभी नही गिरा हो उसे लगता है की मोटरसाइकिल नही गिर सकती। फिर अगर हस्पताल जाता तो हस्पताल में मेडिकल बीमा होने के बावजूद कुछ पैसे जेब से भी लगाने पड़ सकते थे।

किस्मत से उस दिन कंपाउंडर जल्दी ही डॉक्टर वर्मा को लेकर आ गया।
वो आराम से ऊपर चढ़े। बड़े आराम से कुर्सी पर बैठे।
ऊपर भाभी की तरफ देखा और बोले, "हम्मम?"

अब मुझसे देखा नही गया। मैने उनके कंपाउंडर से पेन और पैड लिया और डॉक्टर साहब के हाथ में थमा दिया।

"वर्मा जी इनको दिल का दौरा पड़ा है। आप उन्हें बड़े हस्पताल में रेफर कर दीजिए।"

मैने एक तरह से उनसे जबरदस्ती एक लाइन लिखाई।

भाई भाभी के ना ना करते हुए मैं जबरदस्ती भाई को नीचे उतार लाया। अपनी कार निकाली। भाई को आगे बिठाया।
प्रभा जल्दी से पीछे बैठ गई। उसको देख कर भाभी भी पीछे बैठी।
मैं सावधानी से कार चलाकर पास के बड़े हस्पताल में ले गया।

रास्ते में ही अत्यंत खराब तबियत होने के बावजूद भाई ने अपनी कमीज की ऊपर की जेब से अपनी तेल कंपनी का मेडिकल इंश्योरेंस कार्ड निकाल कर मुझे दे दिया। इस कंपनी से वो दो साल पहले सेवा निवृत हुआ था और उसे करोड़ों रूपये की निधि और लाभ मिले थे। वह सरकारी तेल कंपनी थी, सेवा निवृत्ति पर भरपूर पैसा देती थी।

कार्ड के साथ मुझे एक हिदायत भी मिली।
"कैश जमा नहीं करना है। इस कार्ड से मुफ्त इलाज हो जायेगा।"

हस्पताल पहुंचते ही भाई की हालत और खराब हो गई।
मैं उसे सीधे इमरजेंसी ले गया और वहां से डॉक्टर सीधे आईसीयू में ले गए। मैं पीछे गया।
आईसीयू में डॉक्टरों ने कोई दवा दी और भाई को उल्टी हो गई। डॉक्टर ने मुझे बताया की हृदयाघात है। जल्दी से रिसेप्शन पर फॉर्म भरिए, पैसे जमा कराइए हम इतने इनका प्राथमिक उपचार करते हैं।
मैं स्वागत कक्ष की तरफ भागा। फॉर्म भरा।
पैसे जमा करने के लिए भाई का कार्ड दिखाया। उन्होंने उसे स्वीकार करने से इंकार कर दिया।
बताया कि पहले आप इस कंपनी के ऑफिस में फोन करें फिर वो हमें बताएंगे।

मैने आश्चर्य से उसके मुंह की तरफ देखा।
वो सहानुभूति से मुस्कुराया।
बोला, "सर ऐसा ही है।"

मैने एक क्षण व्यर्थ नहीं किया कार्ड पर दिए गए स्थाई महानगर टेलीफोन निगम के नंबर पर फोन मिलाने में।

तीन बार घंटी पूरी बजी। चौथी बार किसी ने शायद रहम कर फोन उठा लिया।

आपातकालीन स्थिति सुनकर बोला, "मैडम छुट्टी पर हैं आज, आप कल फोन कीजिए।"

मैने फोन काटा, अपना डेबिट कार्ड निकाल कर पैसे जमा कराए। ऊपर आईसीयू में पहुंचा।

डॉक्टर ने मुझे रिपोर्ट दिखाई।

"आर्टरी बंद है स्टंट डालना पड़ेगा। कंसेंट फॉर्म पर हस्ताक्षर कर दीजिए।"

मैने भाभी को कहा परंतु उन्होंने ये जिम्मेदारी लेने से मना कर दिया। हस्ताक्षर नहीं किए।

उधर भाई साहब दर्द से तड़प रहे थे। मैने हस्ताक्षर किए।

बाद में जब मैं दवाइयां लेने गया तो एक हस्ताक्षर प्रभा को ऐसे ही करने पड़े।

दो दिन हस्पताल में बीते। तीसरे दिन सुरक्षित तरीके से भाई साहब को हम घर ले आए।

इसके एक हफ्ते बाद मैं पहली बार घर से दूर पुणे चला गया।

कुछ हफ्ते बाद भाई ने मां से कहा, "मुझे कुछ नहीं था। वैसे ही मुझे हस्पताल ले गए और स्टंट डलवा दिए।"

15. धोखा, लालच, फरेब, मकड़ जाल।

मैने नवंबर 2020 के महीने में बहुत से स्थानीय बिल्डरों से मिलकर एक अच्छा बिल्डर चुन लिया। मिलकर मतलब फोन और वीडियो कॉल पर विचार विमर्श कर। एक आध बार पूरी सावधानी ले कर उनसे मिलना भी पड़ा।

मैने अंतिम अनुबंध की प्रति भाई को पढ़वाई। अनुबंध पत्र अच्छा था। अच्छी मेहनत की थी। थोड़े से मीन मेख के बाद उसने अपनी मंजूरी दे दी। मैने वैसे ही परिवर्तन उसमें करा दिए जैसे भाई ने करने को कहा था।

अब बारी आई उसकी पसंद का किराए का मकान ढूंढने की। मैने चार छह ब्रोकर्स से फोन पर बात की। एक मकान भाई को पसंद आ गया। आना ही था। सबसे महंगें इलाके में जो था और किराया मुझे अपनी जेब से देना था। ऊपर नीचे हमने किराए के दो मकान उस इलाके में तय कर लिए। घर का सामान स्थानांतरित करने के लिए एक फर्म से भी बात कर के रख ली।

अब मां, भाई, बिल्डर और मैं बैठे। अनुबंध पर मां और बिल्डर को हस्ताक्षर करने थे। भाई ने वहीं बैठे बैठे दुबारा अनुबंध पढ़ा अपनी पुरानी प्रति से एक एक शब्द मिलाया। मां उसको मुफ्त में घर बना कर दे रही थी। फिर भी उसे कोई विश्वास नहीं था। ये तो कुछ ऐसा ही दृश्य था कि "मुफ्त मिल रहा है? तो दो लूंगा!"

अनुबंध में लिखा था कि मकान तोड़कर बनाने के लिए हम बिल्डर को 18 जनवरी 2021 तक घर खाली कर के कब्ज़ा दे देंगे।

कुछ हफ्ते बीते। जनवरी के शुरू के हफ्ते में भाई का मुझे ऊपर से फोन आया। पहली मंजिल से भू तल पर।

वो बोला,"अच्छा एक बात है।"

"क्या?"

"मां से मेरी बात हुई थी कि पहले घर मेरे नाम पर होगा तब मैं खाली करूंगा।"

मुझे आने वाली विपत्ति का अभी भी कोई अंदाजा नहीं था।

"ठीक है। कोई बात नहीं। अगर आपकी बात हुई है तो नीचे जब उतरो तो मां से आमने सामने बात कर लेना।" मैने फोन पर बोला।

"नहीं तुम बता दो मां को ये बात।" उसकी आवाज़ में चोर था।

मैने भांप तो लिया कुछ गड़बड़ है।

"आप दोनो के बीच की बात है। मैं नहीं बता सकता। आप दोनो आपस मैं बात कर लो और जैसा भी निर्णय बने मुझे बता दो। मैं वैसे देख लूंगा।"

वो बहुत देर तक नीचे नही आया तो मैंने मां को बात बताई। मां बोली ऐसी तो कोई बात नहीं की थी उससे।

फिर मां ने मुझसे पूछा।
"अगर मैं घर बनाने से पहले उसकी मंजिल उसके नाम कर दूं तो कोई परेशानी है?"

"मुझे तो नही लगता कोई परेशानी है। आप करना चाहते हो उसके नाम तो कर दो।"

"लेकिन मुझे उसपर बिल्कुल विश्वास नहीं है। घर मेरे नाम है। मेरी अपनी इच्छा है की कब, क्या और कैसे करूं। उसके नाम बनने से पहले कर दूं और वो फिर बनाने से मना कर दे तो क्या होगा?" मां बोली।

मां तो भाई की रग रग से वाकिफ थी।
बात तो बिलकुल ठीक थी। भाई पर तो आज तक उसकी धर्मपत्नी ने भी कभी विश्वास नहीं किया था। वो दुनिया का सबसे आखिरी आदमी था जिस पर विश्वास किया जा सकता था।

परंतु चाहे मुझे साहित्य और वित्तीय जगत की कितनी भी जानकारी हो। मुझे दुनियादारी की कोई भी जानकारी नहीं थी। होनी चाहिए थी पर बदकिस्मती से नहीं थी।

मैने मां से दबी जुबान में कहा,

"अब वैसे तो सब इंतजाम हो चुका है। आप घर की एक मंजिल पहले से इसके नाम नहीं करोगे तो ये अपने वादे से मुकरने को तैयार बैठा है। हमें दोबारा से भूकंप के साए में रहना पड़ेगा। बच्चों या आपके ऊपर कमजोर छत के टुकड़े कभी भी गिर सकते हैं।"

मां इस मामले में मुझसे ज्यादा समझदार थी। उसने दुनिया देखी थी। दुनियादारी देखी थी। बोली,

"तो मुझे पहले जानकार लोगों से पता करके बताओ कि बिना घर में चार मंजिल बने एक मंजिल कैसे ट्रांसफर हो सकती है।"

"ठीक है। पता करता हूं।"

अब कॉरोना के रहते रहते मुझे एक और काम पर लगा दिया था बड़े भाई ने। इस समय ज्यादा बाहर जाने में खतरा था।

16. दरबदर।

"सुख में तेरे साथ चलेंगे..
दुख में सब मुख मोड़ेंगे...
दुनिया वाले तेरा बनकर...
तेरा ही दिल तोड़ेंगे।
देते हैं भगवान को धोखा, इंसान को क्या छोड़ेंगे।"

भाई हर मंगलवार व्रत रखता था नियम से।

जीवन के इतने अनुभव लेने के बाद मैं यह बात नहीं समझ पा रहा था कि खराब स्वभाव रिश्तों का मोहताज नहीं होता। अगर कोई चोर है या बलात्कारी है तो वो भी किसी का भाई या किसी का बेटा होता है। बहुत बार उसके परिवार को पता ही नही होता वो किस मानसिकता तक गिर सकता है।

और जब इंसान गिरता है तो गिरने की कोई सीमा नहीं होती। और अगर ऐसा इंसान कंजूस, लालची, लोभी, भोगी, क्रोधी और घमंडी भी हो तो इसके निम्न स्तर की आप कल्पना ही कर सकते हैं।

मैने अपने संपर्क के प्रॉपर्टी से जुड़े लोगों से पूछताछ की। सब ने बताया की जब तक कोई मंजिल निर्मित नही हो जाती तब तक उसका किसी के नाम पंजीकरण नहीं हो सकता। बात तो बिलकुल तर्कपूर्ण थी। मैने उस बिल्डर को घर बुलाया जिससे अनुबंध हुआ था। मां, भाई, मैं उसके साथ बैठे। उसने भाई को बताया कि बिना निर्मित हुए किसी मंजिल का पंजीकरण नहीं हो सकता।

"हो सकता है।" बड़े भाई ने कहा।

"कैसे!" हमने पूछा।

"मैने किसी से बात की है।"

"ठीक है। तो उस व्यक्ति से हमारी बात करवा दो। हम समझ लेते हैं।" बिल्डर ने निवेदन किया।

"मैं नहीं करवा सकता उससे बात।" भाई बोला।

बिल्डर नही जानता था ऐसे लोग भी हैं सभ्य समाज में। इसलिए मैंने बीच बचाव किया।

"बात नही करवा सकते तो कोई बात नहीं। आप उसे पंजीकरण के कागज़ बनवा लो जो खर्चा होगा मैं दे दूंगा।"

मैं अच्छी तरह जानता था की वो करोड़ों रूपये की चीज़ जो मां उसे मुफ्त में दे रही है उसके लिए सौ रूपये भी खर्च नही करेगा।

"नहीं खुद ही पता कर लो कैसे होगा। मैं कुछ नहीं बताऊंगा।" वो बोला।

हम सब को क्रोध तो बहुत आया पर दबा गए।

फिर मां उसे समझाने की हमेशा की तरह कोशिश करने लगी। वो हमेशा की तरह समझने के बजाए क्रोधित होने लगा। एक ऐसी परिस्थिति आ गई जब वो गाली गलौच पर उतर आया मां के साथ। मुझे सहन नहीं हुआ। हम उसके घर से नीचे उतर आए। बिल्डर तो पहले से ही समझ गया था की इस व्यक्ति को ऊपर वाला भी नहीं समझा सकता। वो पहले ही उसके कमरे से बाहर आ गया था।

मैं जाने लगा तो भाई ने मुझे जबरदस्ती रोका।
"एक बार बैठ कर मेरी बात सुनके जा।"

मैं मां को धीरे धीरे सीढ़ियों से नीचे छोड़कर वापिस ऊपर आया।

उसके बाद वो एक एक कर के मां की बुराइयां और अपनी अच्छाई बताने लगा।
"आपको जो बात करनी है मां से सीधे करो और मेरे सामने मां की कोई बुराई मत करो।"
कहकर मैं भी नीचे उतर गया।

भाई ने मां का घर खाली करने से मना कर दिया। मां ने अनुबंध किया हुआ था। मां का यह अपना घर था। मां के नाम सब कागजात पूरे थे। मां ने कहा "हम स्वयं तो घर समय पर खाली करें। कल को कुछ गिरने से हम में से किसी की जान चली गई तो क्या होगा?"

नियत समय पर यानी 18 जनवरी, 2021 को हमने अपना भू तल का सामान पास की एक कॉलोनी में किराए के घर में स्थानांतरित कर लिया।

उस दिन मेरी ओर प्रभा के विवाह की 21वी वर्षगांठ थी।

17. प्रेम की पराकाष्ठा।

“रोएंगी ये आँखें फिर भी मैं तो मुस्कुराऊँगी...
दुख के तूफ़ानों से भी मैं ना घबराऊँगी...
जब साथ मेरे मेरा साजन होगा...
रिमझिम बरसता सावन होगा!”

नया घर सुंदर था।
दिल्ली के निर्धारित चार मंजिला घरों में से दूसरी मंजिल। हरा भरा इलाका। बड़े बड़े उद्यान।
यह 1950 के दशक में बनी एक अध्यापकों की कॉलोनी थी।
शांत।
हम सब को पसंद आई।
कहां पुराने घर में धूप और ताज़ी हवा का अभाव था और कहां यहां अच्छी खासी धूप और खुली हवा।

अगर वायरस का डर न होता तो हम सब घर के सामने उद्यान में ही अपना अधिकतर समय बिताते। परंतु अभी भी जिस तरह का प्रकोप था, घर में दुबक कर रहना आवश्यक था सबके लिए।

और फिर हम सब तो वैसे ही सालों साल से एक दूसरे के साथ रहने में सबसे अधिक आनंद अनुभव करते थे। घर में बंद रहने में हम में से किसी को भी कोई अधिक परेशानी नहीं थी।

मैं सितंबर 2020 में पुणे से आने के बाद अब नई नौकरी खोज सकता था। प्रत्येक कंपनी घर से काम करने की सुविधा दे रही थी। पर प्रभा का विचार कुछ और ही था। उसका कहना था कि सरकारी आंकलन का कुछ भरोसा नहीं है। अगर एक दो महीने

बाद ऑफिस खोलना शुरू कर दें तो बहुत असुरक्षित हो जाएगा। उसका विचार था कि मुझे अभी नौकरी ढूंढना शुरू नहीं करना चाहिए। मैं भी उसके विचार से सहमत था कम से कम एक साल का ब्रेक लेना चाह रहा था।

मैं ऐसा करने में समर्थ था। कारण यह था कि हम सब मितव्यई थे। वेतन कई सालों से अच्छा था और हमारे खर्चे उसकी तुलना में बहुत सीमित से थे। मैं व्यक्तिगत वित्तीय प्रबंधन में अत्यंत कुशल था और 15 साल से भारतीय अर्थव्यवस्था में म्यूचुअल फंड्स और शेयर के रूप में लंबा निवेश कर रहा था। एक साल का ब्रेक मैं बिना किसी खास आर्थिक परेशानी के ले सकता था। यह निवेश मैने इन्ही दिनों को सोचकर किया था कि कोई भी आर्थिक आपदा किसी भी बहाने से कभी भी आ सकती है। उसके लिए तैयार रहना चाहिए।

अब तक के अपने अनुभवों से मैं न सिर्फ ये जान चुका था बल्कि मान भी चुका था कि प्रभा की सही निर्णय लेने की क्षमता मुझ से कहीं अधिक है। मैं इस बार भी उसकी बात से पूर्ण सहमत था। अभी नौकरी नहीं ढूंढनी है।

परंतु मेरे एक पेशेवर मित्र थे एक वित्तीय सलाहकार कंपनी में डायरेक्टर थे। इन्होने एक साक्षात्कार पक्का किया एक इंग्लैंड की कंपनी के डायरेक्टर से। यह कंपनी अपनी एक सहायक कंपनी भारत में खोलना चाहती थी। साक्षात्कार अत्यंत संतोषप्रद रहा। उन्होंने मुझसे कुछ हफ्ते का समय मांगा। मैने सहर्ष दे दिया। परंतु प्रभा अंदर से खुश नहीं थी। मैं उसका चेहरा देख कर जान सकता था। इस महामारी में वो मुझे कहीं भी एक दिन के लिए भी बाहर नहीं जाने देना चाहती थी। मैं वैसे अब स्वयं भी प्रभा से दूर नहीं जाना चाहता था। परंतु हाथ में आते हुए अवसर को परखना भी चाहता था।

एक दिन मैं बच्चों के साथ मस्ती कर रहा था।
मैं बहुत से देश घूम चुका था। बच्चे एक बार भी नही जा पाए थे। प्रभा भी नहीं। क्योंकि सब कंपनी की तरफ से प्रायोजित व्यवसायिक यात्राएं थीं। मैने बच्चों से कहा, "अब मैं इंग्लैंड में "स्टोन हेंज" देखने जा पाऊंगा।"

प्रभा ने आराम से कहा, "अभी अपॉइंटमेंट हुआ नहीं है।"

वो मेरी सुरक्षा को लेकर चिंतित थी। सामान्य तौर पर उसे इस अच्छे नौकरी के प्रस्ताव पर खुश होना चाहिए था। पर वो खुश नहीं थी। उसके पास कुछ तो पारलौकिक जैसा ज्ञान था।

उसकी बात सुनकर मैं कुछ नहीं बोला। सोच में पड़ गया।

कुछ हफ्ते और बीते। मार्च 2021 आ गया। इस इंग्लैंड की कंपनी ने यूके में दोबारा बढ़ते कोरोनावायरस के खतरे के कारण भारत में कंपनी लगाने का विचार कुछ महीनों के लिए त्याग दिया। प्रभा की बात सच साबित हुई।

अब मुझे और प्रभा को साथ साथ चौबीसों घंटे रहते एक साल से भी ज्यादा हो चुका था। छह महीने पुणे के लॉक डाउन में और छह महीने दिल्ली में।

इतना अच्छा समय हमने कभी एक साथ नहीं बिताया था। सामान्य तौर पर महामारी से पहले के दिनों में दस ग्यारह घंटे तो नौकरी करने और ऑफिस आने जाने में लग जाते थे। परंतु अब एक साल से अभूतपूर्ण स्थिति थी। लॉक डाउन ने लोगों को घर में ही बांध कर रखा हुआ था। हमारा प्यार अब गहन प्रेम बन चुका था। एक दूसरे का सम्मान दिन प्रतिदिन दिलों में बढ़ता जा रहा था। हालांकि बहुत से दंपत्तियों के साथ बिलकुल उल्टा भी हुआ था। चौबीस घंटे के दिन रात साथ ने उन्हें एक दूसरे से दूर भी कर दिया था।

पिछले कुछ दिनों से मैं प्रभा को अपनी भावनाओं से अवगत कराना चाहता था। फिर लगता था कि विवाह के इक्कीस साल बाद मैं अपने भाव किस तरह व्यक्त करूं उसके सामने जो फिल्मी डायलॉग ना लगें। पहली बार मुझे शब्दों के चुनाव में समस्या आ रही थी।
मैं प्रभा को पूरे अप्रैल कहता रहा,
"मैं तुम्हारी प्रशंसा करना चाहता हूं। पर उसके लायक कोई शब्द ही नहीं मिल रहे।"

वो शांति से मेरी बात सुनती और दिल ही दिल में शायद मुस्कुरा देती।
वो जानती थी कि मैं उसका कितना बड़ा प्रशंसक हूं।
मैं अगले दिन फिर वही सोचता आज जरूर कहूंगा।
अगले दिन फिर सही शब्द नहीं मिलते।
प्रभा मन ही मन जरूर हंसती होगी।

फिर तीसरे दिन टूटी फूटी भाषा में कुछ कह भी जाता,
"तुमसे मिलने के बाद मेरी सारी इच्छाएं पूरी हो गईं हैं। मुझे अब जिंदगी से और कुछ नही चाहिए। बस मैं, तुम और परिवार।"

यह शब्द भी उन अव्यक्त शब्दों से बहुत कम थे जिन्हे में सही तरीके से व्यक्त नही कर पा रहा था।

प्रभा मुस्कुराती, एक लंबी सांस लेती। और मुस्कुराती हुई आंख बंद कर लेती।

क्या पति की नजर भी पत्नी को लगती है?
मैं आज तक इस सवाल का जवाब नहीं ढूंढ़ पाया।

महामारी कब तक चलती रहेगी, इसका कोई ठिकाना नहीं था। वायरस कब कौन सा रूप ले लेगा, कोई नही जानता था। सरकार सदैव की तरह संक्रमण और मौत के आंकड़ों को कम से कम करके बताना चाह रही थी।

(कोरोना: भारत में हुईं 7 गुना ज्यादा मौतें? दावों के बीच राज्यों के नए आंकड़ों से खड़े हुए सवाल!
सोर्स: aajtak.in. 14 June, 2021)

राज्यों के मुख्यमंत्री तो उससे भी एक कदम आगे थे। सब चाहते थे आंकड़ों को अपने लाभ के लिए कम से कम दिखाया जाए। न्यूज चैनल्स सिर्फ टीआरपी के लिए भटक रहे थे। उन्हे सनसनीखेज खबरें ही चाहिएं थीं। दिल्ली के मुख्य मंत्री मुस्कुराते हुए जनता से ही पूछ रहे थे कि साथियों लॉक डाउन लगाया जाए या ना लगाया जाए।

(Chief Minister Arvind Kejriwal has asked people in Delhi to send suggestions, ideas on what kind of lockdown relaxations should be provided in the national capital which could be considered after May 17, 2020 when the third phase of lockdown ends.)
(Source: India TV News Desk.)

हकीकत तो यह थी कि सौ साल में एक बार आने वाली इस बीमारी के विषय में कोई कुछ नहीं जानता था। जब कुछ हजार जानें और जाती तो चिकित्सक इलाज का नया तरीका बताते। फिर वायरस अपना रूप बदल लेता। फिर कुछ और जानें जाती। चिकित्सक फिर कुछ नया तरीका बताते।

वायरस को मारने की कोई दवाई नही थी। सिर्फ उसके द्वारा शरीर में आई बीमारी के लक्षणों की दवा दी जा रही थी। ये अब वायरस की दया पर था की वो किस शरीर

को कितना प्रभावित करना चाहता है। कई कमजोर और उम्रदराज लोगों को वायरस बक्श देता था। वो साधारण इलाज से भी ठीक हो रहे थे। कई तंदरुस्त लोगों की बहुत कम उम्र में मौत हो रही थी।

भारत की दशा तो इसलिए भी खराब थी कि स्वास्थ्य सेवाओं की यहां हर काल में कमी रही थी। वोट का कभी स्वास्थ्य सेवाएं मुद्दा ही नही रहीं। वोट का मुद्दा, मंदिर, मस्जिद, गुरुद्वारे, जात पात ही थे सदा से। स्वास्थ्य सेवाओं को कौन पूछ रहा था 70 सालों से। सब कुछ भगवान भरोसे छोड़ा हुआ था।

मुझे तो यह भी नहीं पता था कि कौन से भगवान के भरोसे।

18. आहट।

"लिखा है ये ही तेरे भाग में...
तेरा जीवन रहे आग में.....
सूरज रे जलते रहना।"

अप्रैल 2021 आते आते हम वायरस और लॉक डाउन से हताश हो चुके थे। महामारी को भारत में प्रवेश किए एक साल से अधिक हो गया था।

अत्यंत सावधानी से हम वायरस से बचने का भरसक प्रयास कर रहे थे। घर में काम करने आने वाली सहायक को हमने वेतन के साथ कई महीने का अवकाश दे दिया था। मासिक वेतन हम उसे पहुंचा देते थे। मैं बाहर से चंद आवश्यक वस्तुएं ही ला रहा था। इसमें दवाइयां और सब्जी, दूध इत्यादि वस्तुएं ही थीं। वो भी हफ्ते में सिर्फ दो बार। वो भी घर आकर तरीके से अल्कोहल में सैनिटाइज होती थीं। फिर धुलती थीं। फिर सुखा कर इस्तेमाल में लाया जाता। बाजार से आकर मैं अपने पहने हुए कपड़े धुलाई मशीन में डालता और सीधा साबुन से नहाने स्नानघर में घुस जाता था। बाजार जाते हुए हाथ में हमेशा सैनिटाइजर रहता और मुंह पर डबल मास्क।

हम सब घर के भीतर ही बंद हो गए थे एक साल से। सबसे ज्यादा चिंता मां की थी। उनकी आयु 80 वर्ष हो गई थी। वायरस उन्हें पकड़ता तो बहुत नुकसान पहुंचा सकता था। उन्हे हम उनके कमरे के बाहर बालकनी पर भी नही जाने देते थे।

इस सब के बावजूद भी सब संतुष्ट थे। माहामारी की मार तो समस्त विश्व ही झेल रहा था। हम भी झेल रहे थे परंतु सामान्य रहने का प्रयास कर रहे थे। हम सरकार और स्वास्थ्य संस्थाओं द्वारा बताई गई प्रत्येक सलाह को मान रहे थे।

मैं अपने जनवरी, 2020 की श्रीलंका की यात्रा के किस्से बच्चों और प्रभा को सुनाता। मेरी यह यात्रा मार्च 2020 में लॉक डाउन लगने से मात्र दो महीने पहले ही संपन्न हुई

थी। इस यात्रा में हम नौ मैनेजर गए थे पुणे की जर्मन कंपनी के। उद्देश्य था कि सभी विभागों का आपस में तालमेल बेहतर हो इसलिए उनके मैनेजर को एक साथ कहीं दूर घूमने जाना चाहिए। श्री लंका की भूमि मुझे बहुत अच्छी लगी थी। भूमध्य रेखा के इतने कम अक्षांश के पास मैं पहली बार गया था। बाकी तो सब ठंडे देशों की यात्रा की थी।

श्री लंका मेरे लिए रामायण का देश पहले था और उसके बाद क्रिकेट का देश था। जयसूर्या, अर्जुन रणतुंगा, मुरलीधरन का देश था। रावण का देश था। जैसा मैने सोचा था उससे बेहतर पाया। बहुत कम जनसंख्या, उससे भी कम ऑटोमोबाइल। श्री लंका में क्योंकि चाय और कपास की बड़े पैमाने पर खेती होती है तो वहां ऑटोमोबाइल पर सख्ती है। वाहनों के प्रदूषण से इस प्रकार की फसलों को नुकसान हो सकता है। वाहन खरीदने पर टैक्स बहुत ज्यादा हैं ताकि लोग वाहन खरीदकर प्रदूषण ना फैलाएं।

हम कोलंबो, कैंडी, बंटोटा सब जगह घूमे। हर जगह प्रभा की याद मेरे साथ रही। चाहे वो कोलंबो का ऐतिहासिक एयरपोर्ट हो या कैंडी का हिल स्टेशन, बनटोटा का समुद्री किनारे पर बना आलीशान रिसोर्ट हो या फिर नुवारा एलिया जहां सीता वाटिका है। मुझे श्रीलंका में प्रभा की बहुत याद आती रही। मैं चाहता था प्रभा, मां और बच्चे भी इस इतिहासिक देश को देखें। मैं प्रभा और बच्चों को वहां से बार बार वीडियो कॉल करता रहा। खास तौर से सीता वाटिका से।

मैं अप्रैल 2021 में सोच रहा था कि साल दो साल में जब महामारी का प्रकोप समाप्त हो जाएगा तो हम सब श्रीलंका घूमने चलेंगे।

अब यहां रुक कर एक सवाल उठता है कि क्या विवाह के दो दशकों के बाद कोई अपनी पत्नी को प्रेमिका समझ सकता है? शायद मैं गलत लिख गया। सही सवाल यह है कि, क्या कोई पत्नी विवाह के दो दशकों के बाद भी अपने पति की प्रेमिका बन के रह सकती है?

मुझे लगता है अनगिनत दंपत्ति ऐसे होंगे जो एक मित्रता का रिश्ता रखते हैं। वे दंपत्ति एक दूसरे के लिए प्रेमी प्रेमिका से भी बड़ा रिश्ता रखते हैं। सच्चे मित्र का रिश्ता।

प्रभा निश्चित ही उनमें से एक थी। बातें तो हम जुबान से अधिक करते ही नहीं थे! शाब्दिक प्रेम में हम दोनो शरमाते थे। परंतु एक दूसरे का ध्यान रखने में हम अपनी पूरी ऊर्जा लगा देते थे।

जीवन संघर्ष शुरुआत से ही साथ में चल रहा था। जीवन जीने का तरीका भी लगभग एक जैसा था। किसी आस पड़ोस या रिश्तेदारों का विवेचन करने की हम दोनो की ना

तो इच्छा थी ना आदत। प्रभा एक आदर्श पत्नी थी परंतु उससे भी पहले एक आदर्श इंसान थीं।

इस बात से मुझे विवाह के कुछ ही दिन बाद का ही एक किस्सा स्मरण हो आया है।

नया नया विवाह हुआ था। हम एक दूसरे को और अच्छे से जानने की प्रक्रिया में थे। मैने एक रात प्रभा से कहा,
"तुम मेरी अच्छी पत्नी न बन पाई तो कोई गिला नहीं होगा मुझे परंतु तुम यदि एक अच्छी इंसान ना बन पाई तो मुझे बहुत बुरा लगेगा।"
उसने बड़े ध्यान से सुना।
कहा कुछ नहीं।
शीघ्र ही मुझे समझ आ गया कि ये मेरे जीवन का सबसे अधिक मूर्खतापूर्ण वाक्य था।
थोड़ा साहित्य पढ़ कर मैं अपने आप को ज्ञानी समझता था।
प्रभा जन्म से ही धैर्यपूर्ण और ज्ञानवान थी।

अगले कुछ ही वर्षों में मुझे साफ हो गया कि ऐसा वाक्य प्रभा का मुझसे कहना बेहतर होता ना की मेरा प्रभा को।
उसमे एक अच्छे इंसान के सभी गुण पूरी तरह से समाए हुए थे।
सदा मुस्कुराता हुआ चेहरा।
हर किसी का हंसते हुए स्वागत।
किसी की बुराई न करना।
सादा पहनावा। ऊंची सोच।
किसी को खाली पेट घर से न जाने देना।
सबकी समस्याओं को ध्यान से सुनना।
कभी क्रोधित न होना।
आत्मकेंद्रित ना होकर सब के बारे में सोचना।

उसको कोई बात अच्छी नहीं लगती तो वो सिर्फ गंभीर चेहरा बना लेती। मैं और मां तुरंत उसकी बात समझ जाते और उसे बहला लेते। मैं और मां दोनो ही प्रभा को उदास नहीं देख सकते थे।

कर्मयोगी थी वह।

दूसरों का दर्द अपना दर्द समझती थी।

घर से बाहर जाना उससे अधिक पसंद नहीं था।

परंतु तब भी आस पड़ोस में उसकी पूछ थी। लोग अपनी समस्या लेकर उसके पास घर चले आया करते थे।

उसका मुस्कुराता चेहरा और उसकी मीठी आवाज ही शायद उनका आधा दुख हर लेती।

ऐसे सुलझे हुए इंसान ठहरे शांत पानी के समान होते हैं।

अंदर से गहरे। विचारशील।

"तू प्यार का सागर है...
तेरी इक बूंद के प्यासे हम।"

19. महामारी की दूसरी लहर।

मार्च, 2021 के मध्य में महामारी की दूसरी लहर देश में फैली।

9 अप्रैल, 2021 को भारत में सबसे अधिक लोग प्रभावित हुए, 1,44,829 व्यक्ति सिर्फ एक दिन में। यह बहुत बड़ी संख्या थी।

ये सब सिर्फ वो लोग थे जिन्होंने आरटीपीसीआर टेस्ट कराया था और आधिकारिक रूप से पॉजिटिव थे। इससे 10 गुना अधिक लोग ऐसे भी थे जिन्हे इन्फेक्शन था परंतु आरटीपीसीआर टेस्ट नही कराया था या जिनके टेस्ट नेगेटिव थे पर कोरोनावायरस उनके अंदर कम मात्रा में था और बीमारी के सारे संकेत थे।

"10 अप्रैल, 2021 को भारत प्रभावितों की संख्या में विश्व में तीसरे स्थान पर था। पहले स्थान पर यूएसए और ब्राजील थे।"

(सोर्स: Eclinical Medicines online. Letter dated 1 June, 2021)

दूसरी लहर में दिल्ली सबसे ज्यादा प्रभावित हुई। परिस्थितियां अब अत्यंत गंभीर होती जा रही थीं।

"कोरोना वायरस की दूसरी लहर ना सिर्फ ज्यादा संक्रामक है बल्कि अब इसका एक और रूप सामने आ रहा है. कोरोना अब छिपकर लोगों पर हमला कर रहा है. यही वजह है कि साफ लक्षण दिखने के बाद भी कई लोगों की कोविड रिपोर्ट नेगेटिव आ रही है. अस्पतालों में इस तरह के कई मामले सामने आ रहे हैं जहां मरीजों का दो-तीन बार RT-PCR टेस्ट कराना पड़ रहा है."

(सोर्स: आजतक.इन, 13 अप्रैल, 2021,)

दूसरी लहर में कोरोनावायरस अपना रूप बदल चुका था। अब लोगों के शरीर में ऑक्सीजन की कमी हो रही थी। कुछ लोगों के फेफड़े प्रभावित हो रहे थे। ऑक्सीजन

की कमी होने पर ऑक्सीजन सिलेंडर की जरूरत पड़ती थी। दिल्ली क्या पूरे भारत में ऑक्सीजन सिलेंडर की मांग बढ़ गई थी। देश में वैसे भी स्वास्थ्य सेवाएं या तो सदियों से नाम मात्र की थीं या निजी क्षेत्रों के हस्पताल लोगों को अच्छी सुविधाओं के नाम पर लूटते थे। सिर्फ पैसे वाले परिवार निजी हस्पताल जा सकते थे या वो लोग जिनके पास भारी भरकम सालाना किस्तों वाला स्वास्थ्य बीमा था।

अप्रैल 2021, में हालात यह हो गए थे कि किसी भी सरकारी या निजी हस्पतालों में बेड नही मिल रहे थे। ऑक्सीजन सिलेंडर युक्त बेड तो सपना बन गया था। अमीर से अमीर आदमी अपना सारा पैसा लेकर खड़ा था। वो ऑक्सीजन की कमी से मर रहा था पर उसका पैसा उसे हस्पताल का एक ऑक्सीजन बेड नही दिला पा रहा था। आम आदमी का तो कहना ही क्या था। जिन खुशकिस्मत या बदकिस्मत लोगों को ऑक्सीजन बेड मिल भी रहे थे उनके बच जाने की या ऑक्सीजन मिल पाने की भी कोई गारंटी नहीं थी।

"दिल्ली के जयपुर गोल्डन अस्पताल में शुक्रवार शाम ऑक्सीजन की कमी से 25 मरीजों की मौत हो गई। इस बात की पुष्टि अस्पताल के प्रबंध निदेशक ने की है। यहां कोरोना के 215 मरीज भर्ती है जिसमें से कई ऑक्सीजन सपोर्ट पर हैं। आज भी अस्पताल में ऑक्सीजन की किल्लत है और कई मरीजों की जान पर खतरा बना हुआ है।"
(सोर्स: अमर उजाला.कॉम, 24 अप्रैल,2021)

"दिल्ली के बत्रा अस्पताल में ऑक्सीजन की कमी के कारण 12 कोविड-19 मरीज़ों की मौत हो गई है. मरने वालों में बत्रा अस्पताल के गैस्ट्रोएंटरोलॉजी विभाग के प्रमुख भी शामिल हैं!"
(सोर्स: बीबीसी.कॉम, 1 मई, 2021)

आम आदमी अपने मरीज को घर में ही रखने पर मजबूर था। उसके रिश्तेदार एक अदद सिलेंडर का इंतजाम करने में पागलों की तरह इधर उधर दौड़ रहे थे। एक भरा हुआ सिलेंडर भी कितनी देर चलता था? दो से चार घंटे। सिलेंडर की कालाबाजारी हो रही थी। तीन चार हजार रूपये का सिलेंडर लोग तीन चार लाख में भी खरीद रहे थे।

बहुत से परिवारों में ऐसा भी हुआ कि ऑक्सीजन सिलेंडर के आने में देरी होने से या सिलेंडर का प्रबंध न होने से उनके परिजनों ने सबके सामने दम तोड दिया। सिर्फ

इसलिए कि ऑक्सीजन सिलेंडर या हस्पताल उपलब्ध नहीं हो पाए थे। कितने पीड़ा दायक क्षण रहे होंगे उनके परिजनों के लिए।

हम सब टीवी पर समाचारों में ये सब देख रहे थे। दुखी भी हो रहे थे और डर भी रहे थे। हमने बाहर निकलना तो दूर अपनी बालकनी पर भी झांकना कई महीनों से बंद कर रखा था।

अब वायरस को भारत में आए एक साल से ऊपर हो चुका था। बदले हुए वायरस की दूसरी लहर ने दिल्ली को तबाह कर दिया था।

अब हालात इतने बदतर हो गए थे कि ऑक्सीजन सिलेंडर लूटे जाने लगे थे।

"मेरठ: कोरोना संक्रमण के दौर में अब ऑक्सीजन सिलेंडरों की भी लूट होने लगी है। मेरठ के गढ़ रोड पर थाना मेडिकल क्षेत्र में इनोवा सवार युवकों ने दिन दहाड़े एक युवक से तमंचे की नोक पर ऑक्सीजन सिलेंडर लूट लिया। युवक के शोर मचाने पर पास ही तैनात फैंटम पुलिस कर्मियों ने इनोवा गाड़ी का पीछा भी किया लेकिन कोई सफलता नहीं मिल सकी। उधर जिस रोगी के लिए युवक ऑक्सीजन सिलेंडर लेकर जा रहा था समय पर ऑक्सीजन ना मिलने उसकी मौत हो गई।"

(सोर्स: m.parika.com 13 मई, 2021)

"कानपुर: कोरोना महामारी की दूसरी लहर ने ना जाने कितनों की जिंदगी तबाह कर दी. कई लोगों की ऑक्सीजन न मिलने की वजह से मौत हो चुकी है तो कई ऑक्सीजन के लिए जद्दोजहद कर रहे हैं. कानपुर में ऐसा ही एक मामला सामने आया है, जहां बेटा अपने पिता को जीवनदायनी ऑक्सीजन दिलाने के लिए घंटों लाइन में खड़ा रहा, लेकिन ऑक्सीजन सिलेंडर न मिल पाने के कारण उसके पिता की मौत हो गई.

27 अप्रैल को फजलगंज स्थित एक ऑक्सीजन प्लांट के बाहर संजय वर्मा नाम का शख्स अपने बीमार पिता के लिए ऑक्सीजन सिलेंडर लेने के लिए सुबह दस बजे से लाइन में खड़ा होकर अपनी बारी का इंतजार कर रहा था. घंटों लाइन में खड़े रहने के बावजूद उसे सिलेंडर नहीं मिला, लेकिन उसने आस नहीं छोड़ी. दोपहर करीब एक बजे जब संजय वर्मा लाइन में लगे हुए थे तो उन्हें अपने पिता की मौत की सूचना मिली. ऑक्सीजन सिलेंडर न मिल पाने की वजह से सांसों ने संजय के पिता का साथ छोड़ दिया था।

कोरोना के कारण उत्तर प्रदेश समेत लगभग सभी राज्यों में स्थिति काफी गंभीर है. कहीं किसी मरीज़ को अस्पताल में बेड नहीं मिल रहा तो कोई ऑक्सीजन की कमी

से मर रहा है. किसी को दवाएं नहीं मिल रहीं तो कोई ऑक्सीजन की कमी से दम तोड़ रहा है."

(सोर्स: livehindustan.com 30 अप्रैल, 2021)

उधर निर्दयी राजनीतिक हलचल अपने चरम पर थी। कई राज्यों में चुनाव प्रक्रिया चालू थी। सामाजिक दूरियों और मास्क की धज्जियां उड़ाते हुए सभी राजनीतिक पार्टी अपनी रैली में हजारों की संख्या में लोगों को बुला रही थी। भोले भाले शिक्षकों को सदैव की तरह चुनाव ड्यूटी में झोंका जा रहा था। उनमें से कई वायरस की चपेट में आए और राजनीतिक महत्वकांक्षाओं की भेंट चढ़ गए। राज नेताओ ने इन गुमनाम शहीदों को पूछा भी नही।

भारत में भारतीय की जान की क्या कीमत है? कुछ भी नहीं। अगर आप एक गरीब और ईमानदार नागरिक हैं और कानून का पालन करने वाले हैं तो आपके ऐसे किसी हादसे में मरने की पूरी संभावना है।

वायरस से प्रभावित और वायरस से मरने वाले लोगों के सरकारी आंकड़ों को प्रत्येक राज्य की सरकार कम से कम कर के दिखा रही थी। इस दूसरी लहर में वैसे भी लोग वायरस से नही पर रिपोर्ट नेगेटिव आने के बाद वायरस के अन्य अंगों पर पड़ने वाले गलत प्रभाव से मर रहे थे। उन्हे वायरस पीड़ितों की गिनती में शामिल नहीं किया जा रहा था।

यह एक ऐसा दौर था जब इंसान जीने के लिए मरने की हद तक संघर्ष कर रहा था।

"हम ने माना कि तग़ाफ़ुल न करोगे लेकिन..
ख़ाक हो जाएँगे हम तुम को ख़बर होते तक।
आह को चाहिए इक उम्र असर होते तक..
कौन जीता है तिरी ज़ुल्फ़ के सर होते।"

(मिर्जा असदुल्ला खां गालिब)

20. कहर टूटा।

"जान तुम पर निसार करता हूँ..
मैं नहीं जानता दुआ क्या है!
दिल-ए-नादाँ तुझे हुआ क्या है..
आख़िर इस दर्द की दवा क्या है!"

(मिर्जा गालिब)

आखिर वो मनहूस दिन आ ही गया।
30 अप्रैल, 2021.

मां को हल्का बुखार और गला खराब होने के लक्षण थे। ये वायरस के पहले लक्षण माने जाते थे।

हस्पताल या डॉक्टर के यहां ले जाना अधिक जोखिम भरा विकल्प था।
सभी डॉक्टर वीडियो कॉल से सेवाएं दे रहे थे।
जो डॉक्टर क्लिनिक खोल रहे थे वे स्वयं बहुत बड़े जोखिम में थे।

"कोरोना की दूसरी लहर में लोगों की जान बचाने में लगे डॉक्टर भी कोरोना संक्रमण की वजह से अपनी जान गंवा रहे हैं। इंडियन मेडिकल असोसिएशन के अनुसार दूसरी लहर में अब तक 420 डॉक्टरों की जान जा चुकी है। इंडियन मेडिकल असोसिएशन ने इस संबंध में आंकड़ा जारी किया है। इसमें बताया गया है कि दूसरी लहर में किस राज्य में कितने-कितने डॉक्टरों की कोरोना संक्रमण की वजह से मौत हुई है। आंकड़ों के अनुसार कोरोना संक्रमण से सबसे अधिक 100 डॉक्टरों की मौत राजधानी दिल्ली में हुई है।"

(सोर्स: Indiatimes.com 22 May, 2021)

मैंने तुरंत निशी को फोन किया जो मेरे भांजे की पत्नी थीं और psychotherapist थी। उनकी माता जी को भी अभी वायरस ने पकड़ा था और वो इलाज के बाद ठीक हो गईं थी। निशी ने मुझे अपने डॉक्टर का वीडियो एप लिंक भेजा। यह डॉक्टर मुंबई में थे और वायरस पीड़ितों के इलाज में माहिर थे।

मुझे अत्यंत घबराहट हो रही थी।
मां अब 80 साल से ऊपर हो गई थीं। उन्हे वायरस पकड़ता तो बहुत नुकसान कर सकता था।

तुरंत डॉक्टर मुंबई के डॉक्टर अग्रवाल को वीडियो कॉल की। उन्होंने लक्षण जान कर कहा, "कोरोना के लक्षण हैं। मैं दवाई लिख रहा हूं।"

मुझे चिंता हुई। पर आगे क्या करना है यह निर्णय एक क्षण में ले लिया।
"क्या मैं मां के साथ ये दवाइयां ले सकता हूं?" मैने पूछा।

"क्यूं?"
"मां अकेले सामाजिक दूरी रख कर अपनी दवाई और भोजन समय पर नहीं ले पाएगी।"
"तो फिर?"
"मैं मां के कमरे में स्थानांतरित हो जाता हूं। उनकी देखभाल के लिए। मैं यही दवाई ले लूं या आप कोई और दवाई देंगे मुझे?"
डॉक्टर ने कहा, "ठीक है। आप यही दवाइयां आरंभ करो फिर देखते हैं।"

हमारे इस नए घर में तीन कमरे थे। एक में मां और दोनो बच्चे सोते थे। एक मेरा और प्रभा का कमरा था और तीसरा बच्चों के पढ़ने का कमरा था।

मैने झटपट योजना बनाई! प्रभा और बच्चों को सबसे दूर वाले पढ़ाई के कमरे में स्थानांतरित कर दिया। मैं मां के कमरे में चला गया और दरवाजा हमने बंद कर लिया।

मैने केमिस्ट से ऑनलाइन दवाइयां मंगा ली और मैं और मां उसी दिन से दवा खाने लगे। अगले दिन मुझे भी बुखार और खांसी के लक्षण आ गए। मैं तैयार था। यह तो योजना का हिस्सा था। मां को बचाना है।

मां का आरटीपीसीआर टेस्ट कराया तो पॉजिटिव आया। एक एक दिन कीमती था। 2 मई को डॉक्टर की सलाह पर मैं मां को चेस्ट सीटी स्कैन कराने एक लैब में ले गया। भयानक माहौल था। सब लगभग चालीस से सत्तर साल की उम्र के मरीज थे। सबको ऊपर से नीचे तक एक प्लास्टिक का लबादा पहनाया जा रहा था जिससे पीपीई किट कहा जा रहा था। मुंह पर मास्क और किट के ऊपर सिर पर प्लास्टिक शील्ड पहननी आवश्यक थी जैसे हेलमेट के ऊपर लगी होती है।

मई दिल्ली में गर्मी का महीना होता है। वातानुकूलन यंत्र वायरस की वजह से चलाए नही जा रहे थे क्योंकि वायरस वातानुकूलन यंत्र से और अधिक फैल सकता था।

मां को किट पहनने में बहुत दिक्कत हुई। आखिर किसी तरह हमने टेस्ट करवा लिया और फिर किसी तरह घर भी वापिस आ गए।

शाम को व्हाट्सएप पर सीटी स्कैन की रिपोर्ट आ गई। 25 अंकों में से 1 अंक था। मतलब फेफड़ों में संक्रमण न के बराबर था। राहत की सांस आई। डॉक्टर ने भी देखा तो वो भी संतुष्ट हुआ।

1 मई से 3 मई तक मुझे तेज बुखार चढ़ा। 3 मई को मां ठीक हो गई। सिर्फ चार दिन में। बड़ी राहत मिली साथ में आत्मविश्वास भी आया कि मां इस उम्र में कोरोनावायरस को मात दे सकती है।

2 मई को दोनो लड़कियों को भी तेज बुखार चढ़ गया। मुझे तो सब लक्षण थे ही। परंतु आरटीपीसीआर रिपोर्ट में मैं और दोनो बच्चे नेगेटिव थे। इसका मतलब था वायरस का प्रकोप हमारे शरीर में ज्यादा नहीं था।

डॉक्टर से प्रतिदिन दो बार ऑनलाइन कंसल्टेशन चल रही थी। जिसके लिए वो जो दवाइयां लिख रहे थे हम वो दवाइयां तुरंत मंगा लेते। मेरे मकान मालिक, मेरे बचपन के कुछ दोस्त, दीदी और जीजाजी और निशी सब चौबीस घंटे अलर्ट पर थे। डॉक्टर की पर्ची आई और सब इंतजाम में लग जाते। वायरस इतना फैला था कि दोबारा लॉक डाउन लग चुका था। परंतु नए नए तरीके निकाल कर दवाइयां समय पर आ रहीं थीं।

3 मई को मेरे हालात खतरनाक थे। अब प्रभा को भी बुखार चढ़ गया था। मुझे और दोनो बेटियों को तो बुखार चल ही रहा था।

अब हम बुरी तरह घबरा गए थे। इस से पहले भी मुझे जीवन में कई बार वायरल बुखार हुआ था। 102 से 103 डिग्री भी हुआ था पर इस बार अनुभव बिलकुल अलग था।

इस बार जीवन में पहली बार मुझे मौत का डर लगा।

मैने कमरे में एक कागज और पेन ढूंढ लिया। मैं लिखना चाहता था अपने परिवार के सदस्यों को। कि मैं कितना प्यार करता हूं उन्हें।

मैने सोचा कि अपने पासवर्ड और निवेश की सारी जानकारी तो मैं पहले ही मां और प्रभा को लिख कर दे चुका हूं। वो सब निवेश उन्हे आसानी से प्राप्त हो जायेगा। लेकिन अपनी भावनाएं उनके लिए जो हैं वो भी लिख देता हूं।

मेरा अपना अनुभव है, यह बीमारी ऐसी है कि कभी कभी इंसान पूरा हताश हो जाता है।

मैने कलम उठाई, कुछ क्षण सोचा फिर कलम वापिस रख दी।

मैने अपने दिल को पक्का किया। अभी हिम्मत नही हारूंगा। अभी मुझे परिवार के बाकी सदस्यों को अच्छा करना है।

दवा के असर से मैं सो गया।

सुबह उठा तो काफी बेहतर महसूस कर रहा था।

मां ठीक थीं तो अब मैं मां को उनके कमरे में छोड़कर अपने कमरे मैं आ गया। डॉक्टर ने यही सलाह दी थी,

"घर में अगर एक को कोरोनावायरस है तो सभी को होने की पूरी पूरी आशंका है। मां ठीक हो चुकी हैं तो आप मां को पृथक कमरे में रखिए।"

अब मां एक अलग कमरे में थी। क्योंकि वो अब ठीक थी। मैं एक अलग कमरे में था।

चार मई 2021 को फिर वायरस का टेस्ट कराया गया। बच्चे और मैं नकारात्मक थे।

प्रभा सकारात्मक थी। उसे कोरोनावायरस ने पकड़ लिया था।

21. अफरा तफरी।

"तेरा मेरा साथ रहे..
धूप हो, छाया हो...
दिन हो की रात रहे।"

अगले दिन, पांच मई को मैं चमत्कारिक रूप से ठीक हो चुका था।

मैं अब बच्चों और प्रभा की देखभाल में पूरा लग गया था। बच्चों को भी लक्षण पूरे थे पर तकनीकी रूप में क्योंकि उनका आरटीपीसीआर टेस्ट नकारात्मक आया था तो वायरस नियंत्रण में ही लग रहा था।

डॉक्टर की सलाह के अनुसार, और निशी के पुराने अनुभव के मद्देनजर, अब मैं युद्धस्तर पर काम में लग गया।

प्रत्येक दो घंटे बाद मैं परिवार के सभी सदस्यों का थर्मोमीटर लगाकर तापमान नाप रहा था।

दो ऑक्सीमीटर भी मंगा लिए थे। प्रत्येक दो घंटे के बाद उन्हें परिवार के सदस्यों की उंगली पर लगा कर ऑक्सीजन नाप रहा था।

इन सभी सूचनाओं को मैं सदस्य के नाम, तारीख और समय लिखकर डॉक्टर और निशी के पास बारी बारी से व्हाट्सएप पर भेज रहा था।

सभी सदस्यों के दर्जनों ब्लड टेस्ट जो मुंबई के डॉक्टर को चाहिए थें, हम लगातार, हर दिन करा रहे थे। अच्छी बात यह थी कि सैंपल घर पर आकर लिया जा रहा था। भुगतान ऑनलाइन पोर्टल पर हो रहा था। सभी रिपोर्ट चौबीस घंटे के अंदर व्हाट्सएप पर ऑनलाइन आ रहीं थी।

कुछ रिपोर्ट्स अच्छी थीं, कुछ इतनी अच्छी नहीं थी।

अब क्योंकि सब बीमार थे तो खाना बनाने की समस्या थी। बाहर लॉक डाउन लगा हुआ था। हम लोगों में वायरस के लक्षण थे। ना कोई बाहर से आ सकता था और न हम बाहर जा सकते थे।
निशी ने ऑनलाइन देख कर एक भोजन उपलब्ध कराने वाली संस्था को हमारे घर दो समय का भोजन भेजने का प्रबंध किया। पर खाने की गुणवत्ता खराब थी। दूसरे ही दिन हम सब को पाचन विकार हो गया। डॉक्टर ने हमें पाचन संक्रमण की भी दवाई लिख दी। बीमार तो हम सब पहले ही थे अब ये एक और मुसीबत आ गई।

इसी अफरा तफरी में और तीन दिन बीत गए।
इन तीन दिनों मैं दो बातें हुईं।

पहली, मैं, बच्चे और मां ठीक हो गए।

दूसरी, प्रभा के चेस्ट एचआर सीटी स्कैन का स्कोर 25 में से 10 आया। मां का 1 आया था। प्रभा के फेफड़ों में संक्रमण अधिक था।

डॉक्टर से तुरंत बात की।
उसने दवा बदल दी।
स्टेरॉइड्स आरंभ कर दिए जो कोरोनावायरस में फेफड़े ठीक करने की आधिकारिक दवा थी।
इसके साथ वायरस की एक और आधिकारिक दवा थी फैबी फ्लू। उसका एक हफ्ते का कोर्स होता था 26 गोलियों का। डॉक्टर ने प्रभा के लिए वो भी शुरू कर दी।

दस बारह दिन पहले ये सब दवाइयां बाजार से गायब हो गई थीं। परंतु किस्मत से अब इनकी कालाबाजारी पिछले एक हफ्ते से बंद थी। थोड़ी सी भाग दौड़ में ही सब दवाइयां घर मंगा ली गईं।
एक नया पोर्टल बहुत काम आया। यहां से आप एक दोपहिया वाहन चालक को बुला कर समान एक जगह से दूसरी जगह मंगवा सकते थे या भेज सकते थे।

मेरा ध्यान अब पूरी तरह से प्रभा की देखभाल पर था। हर दो घंटे में तापमान लेना, ऑक्सीजन का स्तर नापना, उन्हे आंकड़ों को डॉक्टर और निशी को भेजना, प्रभा के खाने और दवाइयों को समय समय पर देना, सुबह शाम वीडियो कॉल पर डॉक्टर से बात करना।

हर तरह के सुझाए टेस्ट समय समय पर कराना। ग्लूकोज पिलाना। प्रभा के हाथ पैर दबाना। और भी बहुत कुछ।

एक और अच्छी बात हुई थी कि दोपहिया चालक पोर्टल के माध्यम से दीदी ने सुबह शाम घर का खाना भेजना आरंभ कर दिया था।

9 मई, 2021 को प्रभा का बुखार नीचे आना शुरू हो गया। थोड़ी राहत मिली।

हर दिन डॉक्टर से बात हो ही रही थी।

मैं एक यंत्र की तरह काम कर रहा था। एक कंप्यूटर प्रोग्राम की तरह काम कर रहा था। प्रत्येक क्षण का महत्व जो था।

प्रभा को पहले भी डेंगू जैसी बीमारी हुई थी और वो हस्पताल में जाकर स्वस्थ हो गई थी। मां ने अभी अभी कोरोनावायरस को मात दी थी। ऐसे में हौसला बुलंद रहना चाहिए था। पर मैं अच्छा महसूस नहीं कर पा रहा था। सब काम करते हुए एक गहन चिंता बनी रहती थी।

मैं ये बात अच्छी तरह जानता था यह कोई आम बीमारी नहीं है, यह महामारी है।

*सोचा नहीं अच्छा बुरा, देखा सुना कुछ भी नहीं..
माँगा ख़ुदा से रात दिन..
तेरे सिवा कुछ भी नहीं।
सोचा तुझे.. देखा तुझे.. चाहा तुझे.. पूजा तुझे...
मेरी ख़ता मेरी वफ़ा..
तेरी ख़ता कुछ भी नहीं!"

22. युद्ध के हथियार।

"हर युद्ध जीत के लिए नहीं लड़ा जाता!
कुछ दुनिया को बस यह..
बताने के लिए लड़े जातें हैं कि...
कोई था, रणभूमि में, जो लड़ रहा था!"

परंतु मेरा युद्ध जीत के लिए लड़ा जा रहा था।
या तो जीत नहीं तो कुछ नहीं।

इस महामारी से लड़ने का तरीका चिकित्सकों ने निश्चित किया हुआ था। हालांकि समय समय पर जमीनी अनुभवों के साथ उसमे बदलाव हो रहे थे।

प्रत्येक युद्ध में सेनापति को मारने की रणनीति बनती है। परंतु इस युद्ध में सेनापति को मार सके ऐसा को शस्त्र नही बना था। सिर्फ महामारी के पैदल सैनिकों यानी लक्षणों को लक्ष्य बनाया जा सकता था। सेनापति अजेय था।

अब प्रभा।
मेरी प्रभा की जान दांव पर थी।
मेरी जान दांव पर थी।
दुश्मन अजेय था। वो शरीर के किसी भी अंग पर वार करनें में सक्षम था। सारी दुनिया उसके सामने मिलकर भी टिक नहीं पा रही थी।
मुझे इस युद्ध में अपनी जान दे कर भी प्रभा को बचाना था।
मुझे अपने आप को इस युद्ध में पूरा झोंक देने के सिवा कोई और रास्ता ही न था।

मैने हथियारों के बारे में जानना आरंभ कर दिया। अब इतना समय नहीं था कि पहले हथियार के बारे में कोई प्रशिक्षण लिया जाए। युद्ध में रत रहते हुए ही न सिर्फ शस्त्र पकड़ना था अपितु उसे चलाने से पहले समझना भी था।

कोरोनावायरस के खिलाफ युद्ध के हथियार निम्नलिखित थे :

1. कोरोना में उपयोग की जाने वाली दवाओं की सूची-
   - आइवेर्मेक्टिन की 12 एमजी (Ivermectin 12mg) की एक गोली दिन में खाना खाने के बाद एक बार लगातार तीन दिन के लिए
   - एजिथ्रोमायसिन की 500 एमजी (Azithromycin 500) की एक गोली दिन में खाने के बाद, लगातार तीन दिन तक
   - डोक्सी 100 एमजी (Doxy 100 Mg) की गोली दिन में दो बार, 10 दिन के लिए
   - क्रोसिन 650 एमजी (Crocin 650 Mg) दिन में 4 बार 3 दिन के लिए या शरीर दर्द, बुखार आने पर
   - लिम्सी 500 (Limcee 500) (एसकोर्बिक एसिड 500 एमजी) (Ascorbic Acid 500mg) रोज एक, 10 दिन के लिए
   - जिंकोनिया 50 एमजी (Zinconia 50 Mg) (एलेमेंटल ज़िंक 50 एमजी) रोज एक, 10 दिन के लिए
   - कैलसिरोल (Calcirol Sachet) हफ्ते में एक बार, 6 हफ्तों के लिए।

2. प्लाज्मा थेरेपी।

   इन सब के अलावा एक विशेष स्थिति में प्लाज्मा भी चढ़ाया जा रहा था।

   हमारे रक्त में रेड ब्लड सेल्स, व्हाइट ब्लड सेल्स और पीला तरल भाग मौजूद होता है। ब्लड में मौजूद पीले तरल भाग को ही प्लाज्मा कहा जाता है जिसका 92 फीसदी हिस्सा पानी होता है। पानी के अलावा प्लाज्मा में प्रोटीन, ग्लूकोस मिनरल, हार्मोंस, कार्बन डाइऑक्साइड मौजूद होते हैं। हमारे रक्त में तकरीबन 55 प्रतिशत प्लाज्मा मौजूद होता है।

   प्लाज्मा थेरेपी में कोरोना से ठीक हो चुके व्यक्ति के शरीर से प्लाज्मा निकालकर संक्रमित व्यक्ति की बॉडी में इंजेक्शन की मदद से इंजेक्ट किया जाता है। कोविड से ठीक हो चुके व्यक्ति के प्लाज्मा में एंटीबॉडीज बन जाते हैं जो दूसरे संक्रमित व्यक्ति के लिए भी मददगार हो सकते हैं।

हालांकि इस बात की कोई पुष्टि नहीं थी कि क्या प्लाज्मा थेरेपी वास्तव में एक COVID रोगी को ठीक कर सकती है। इस पर किए तमाम शोध से पता चला था कि यह प्लाज्मा थेरेपी COVID संक्रमित व्यक्ति को उबरने में मदद करता है और मरीज की अस्पताल में भर्ती होने की अवधि को भी कम करता है।

3. स्टेरॉइड्स।

   स्टेरॉयड एक ऐसी दवा है, जो मरीज के डिफेंस सिस्टम को, जो की सुस्त पड़ जाते हैं, उसे फिर से एक्टिव करता है। जब कोरोना का संक्रमण दूसरे हफ्ते में चला जाता है और लक्षण कम होने के बजाए बढ़ जाते हैं, तब इसके इलाज के लिए स्टेरॉयड का इस्तेमाल जरूरी हो जाता है। इसी वजह से मरीज को पहले हफ्ते के बाद ही सीटी स्कैन कराना चाहिए, ताकि पता चल सके कि लंग्स कितना प्रभावित हुआ है और उस रिपोर्ट के अनुसार 8वें-9वें दिन से स्टेरॉयड देना चाहिए। स्टेरॉयड कब, कितनी मात्रा में और कितने दिनों तक देना है, यह डॉक्टर पर निर्भर है।

4. रेमडेसिवर इंजेक्शंस का कोर्स।

   रेमडेसिवर का चार दिन में पांच इंजेक्शन का कोर्स चलन में था। रेमडेसिवर (Remdesivir) एक अनेक विषाणुओं के विरुद्ध काम करने वाली दवा थी। यह दवा शिराओं में इंजेक्शन के द्वारा प्रविष्ट करायी जाती है। 2020 कोरोनवायरस महामारी के समय विश्व के 50 देशों में रेमडेसिवर को कोविड-19 की चिकित्सा के लिए अधिकृत किया गया था।

   इस सब के बावजूद कोरोनावायरस को सीधे समाप्त करने का कोई टीका नही था।

देश में टीकाकरण आरंभ हो चुका था पर चार मई 2021 को जब प्रभा कोरोनावायरस के लिए सकारात्मक हुई तब तक भारत सरकार केवल 45 साल की आयु से अधिक की उम्र के लोगों को ही टीका लगा रही थी। प्रभा के प्रमाण पत्रों में उसकी आयु 44 साल ही थी।

वैसे भी टीकाकरण का मकसद शरीर में रोग प्रतिरोधक शक्ति पैदा करना था। वायरस को मारने वाला कोई टीका नही आया था।

10 मई से 12 मई तक के तीन दिन अत्यंत बैचैनी भरे दिन थे। मैं हर पल प्रभा की देखभाल कर रहा था। दवाएं बहुत धीरे असर कर रहीं थी। शुरुआती सब दवाएं दी

जा चुकी थीं। फेबी फ्लू का कोर्स आधा पूरा हो चुका था। मैं प्रत्येक दो घंटे में तापमान, ऑक्सीजन का स्तर नाप रहा था। प्रभा के खाने पीने का, समय समय पर दवाइयों का, ग्लूकोस जैसे तरल पदार्थों का ध्यान रख रहा था।

मुझसे यह मंजर देखा नहीं जा रहा था। मैं अपने आप को कष्ट मे देख सकता था। अपनी प्रेयसी को नहीं। वो अपने स्वभाव के अनुसार शांत थी। उसको मेरी चेष्टाओं पर और डॉक्टर के अनुभव पर पूरा विश्वास था।

प्रभा को पता था मैं उसके लिए जान पर खेल जाऊंगा। इस बात से वो थोड़ी चिंतित जरूर थी।

दिन और रात में कई बार मैं उसके हाथ, पैर, माथा दबाने बैठता। इससे उसे एक तरफ तो आराम मिल रहा था दूसरी तरफ वो देख रही थी कि मुझे लगभग दो हफ्ते हो चुके थे सब की देखभाल करते हुए। लेकिन मेरे सामने एक ही लक्ष्य था। प्रभा को ठीक होते देखना। इससे बड़ा लक्ष्य मुझे कभी नहीं मिला था। मुझे एक प्रतिशत भी दिमागी या शारीरिक थकान महसूस नहीं हो रहीं थी। मैं इतनी भागा दौड़ी के बाद भी चुस्त दुरुस्त था। मैं थक कैसे सकता था।

12 मई को प्रभा का बुखार उतर गया। अब कुछ राहत की उम्मीद जागी।

उसका दमकता गुलाबी चेहरा हल्का सा मुस्कुराने लगा। पर हम दोनों ही भली भांति जानते थे कि अभी दिल्ली दूर है। जब तक शत प्रतिशत लक्षण नहीं जाएंगे तब तक यह जंग जारी रहेगी।

मुझे पूरा विश्वास था कि हमने संसार में आकर प्रकृति के विरुद्ध कोई काम नहीं किया है। प्रभा ने तो कभी भी नहीं। पर मेरा मस्तिष्क यह भी नहीं भूल पा रहा था कि इस बात के कोई मायने नहीं हैं कि आपके कर्म कैसे हैं। आपके शरीर के साथ क्या होगा क्या नहीं, इसका कोई आधार नहीं है।

बुरे से बुरे कर्म करने वाले लोगों को मैने 80 साल जीकर आराम से पूरी सुख सुविधा के साथ मरते देखा था और अत्यंत सरल और उपयोगी जीवन जीने वालों को कई वर्षों की बीमारी से तड़प कर मरते देखा था। यदि पिछले कर्मों का फल अगले जन्म में मिलता है इस अतार्किक बात पर ध्यान ना दें, तो जीना मरना इस जन्म के कर्मों पर बिल्कुल भी निर्भर नहीं करता। और अगला पिछला जन्म किसने देखा है। दो चार सौ लोगों ने देखा भी है अब तक तो उसका कैसे हिसाब किताब होता है, किसको पता है?

किसी दो साल की बच्ची का रेप होता है। कार दुर्घटना में एक साल का बच्चा मारा जाता है। पैदा होते ही कई बच्चे मर जाते हैं। कुछ कई हफ्तों बाद मर जाते हैं। प्रतिदिन ऐसा संसार में होता है। इन बच्चों को भगवान ऐसे सजा देता है? पिछले जन्मों के पापों की सजा देने का इतना बेढंगा तरीका केवल जानवर से हाल ही मे होमो सेपियन बना इंसान ही सोच सकता है। निस्संदेह हमारी भगवान के बारे में समझ अभी कच्ची ही है। आने वाले कुछ हजार सालों में मानव जाति सृष्टिकर्ता के बारे में निश्चय ही समझ का दायरा बढ़ा लेगी ऐसा मेरा विश्वास है।

"हमको मालूम है जन्नत की हकीकत लेकिन...
दिल के खुश रखने को "ग़ालिब" यह ख्याल अच्छा है!"

23. युद्‌ध का आरंभ।

"हौसला ना छोड़ कर सामना जहान का....
देख बदल रहा है...
वो रंग आसमान का।"

13 मई, 2021, सुबह छह बजे मैने प्रभा का तापमान और ऑक्सीजन का स्तर नापा। सब सामान्य था।

कल से ही प्रभा अनुरोध कर रही थी कि मैं हर दो घंटे में उसका तापमान और ऑक्सीजन ना लिया करूं। उसका कहना था कि इससे उसकी नींद पूरी नहीं होती है और तनाव बढ़ जाता है। जो बात वो शायद कहना चाहती थी परंतु कह नही रही थी, वह यह थी कि मैं दो हफ्ते से युद्धस्तर पर लगातार काम कर रहा था। वह चाहती थी कि मैं अब थोड़ा आराम करूं। पर उसे पता था कि मैं उसकी यह बात नही मानूंगा।

परंतु मैने किसी तरह उसको अनुरोध कर के मना लिया कि बस एक दो दिन और मैं प्रत्येक दो घंटे में आंकड़े लूंगा। फिर तो वह ठीक ही हो जायेगी।

मैने आपातकाल के लिए दो ऑक्सीजन कैन भी घर में जुटा रखे थे। इनसे कुछ घंटे ऑक्सीजन मिल सकती थी। इन्हे मुंह के अंदर स्प्रे करना होता था और एक स्प्रे 10 से 15 मिनिट तक ऑक्सीजन दे सकता था। एक ऑक्सीजन सिलेंडर भी एक मित्र के पास चिन्हित कर के रखा गया था। पूरे शहर में हाहाकार मचा हुआ था। ऑक्सीजन बेड हस्पतालों में उपलब्ध नहीं थे। ऑक्सीजन सिलेंडर कब और कितने समय तक मिलेंगे उसका भी कोई आश्वासन नही था।

उसी दिन दो घंटे बाद, सुबह के आठ बजे जब मैंने आंकड़े एकत्रित किए तो मुझे एक झटका लगा। प्रभा का तापमान सामान्य था पर ऑक्सीजन 96 से 89 आ गई थी।

मैं अब घबरा रहा था।

मैने तुरंत ही डॉक्टर को वीडियो कॉल की।

"इन्हे अब ऑक्सीजन सिलेंडर की जरूरत पड़ेगी। आप इन्हे हस्पताल ले जाइए।"

सुन कर मैंने तुरंत दीदी और जीजा जी को फोन लगाया। हमारी एक पारिवारिक चिकित्सक थीं, उन्होंने 15 मिनिट बाद ही कहा,

"जीवन हॉस्पिटल में जनरल वार्ड में एक अतिरिक्त ऑक्सीजन बेड लगा दिया है। आप सीधे वहीं पहुंच जाओ।"

मैंने प्रभा की तरफ देखा। आंखों आंखों में हमने एक दूसरे को आश्वासन दिया। प्रभा ने एक बैग में अपनी जरूरत की वस्तुएं रख लीं। मैने पैसे रखे और प्रभा को लेकर अपनी कार में हस्पताल जाने की तैयारी करने लगा।

प्रभा ने मां और बच्चों से जल्दी जल्दी विदा ली।

उसके व्यक्तित्व की यह खासियत थी। वह जोश में होश नही खोती थी। उसने सबको आश्वस्त किया कि वह जल्दी हस्पताल से घर आ जायेगी। चिंता की कोई बात नहीं है।

बाहर लॉक डाउन था।

हम कई हफ्तों बाद बाहर निकले थे। सुबह के 9.30 बजे थे।

सड़कें लगभग खाली थीं। सब लोग जैसे अपने घरों में दुबक से गए थे।

सिर्फ कुछ आवश्यक सामान की सप्लाई की गाड़ियां यदा कदा दिख रहीं थीं।

माहौल अत्यंत गंभीर था।

मुझे और प्रभा को अक्सर शब्दों में बात करने की आवश्यकता अनुभव नहीं होती थी। हम एक दूसरे को इतना जानते थे कि एक दूसरे को देखते ही बात समझ जाते थे। दोनो के विचार लगभग एक जैसे थे दुनिया और जीवन को लेकर। जो मेरे मस्तिष्क में चल रहा था वो उसके भी मस्तिष्क में चल रहा था। शीघ्र, अति शीघ्र इस महामारी से छुटकारा पाना है। कोई और उपाय नहीं है।

उसे मुझ पर पूर्ण विश्वास था और मुझे उसपर।

हस्पताल में हमें तुरंत ही एक ऑक्सीजन बेड मिल गया।

आज से सिर्फ 12 दिन पहले तक ऑक्सीजन सिलेंडर और बेड की भारी किल्लत थी। बड़े हस्पतालों में अभी भी भारी किल्लत थी।

यह एक मध्यम श्रेणी का हस्पताल था। 100 बेड का।

यहां पहले भी मेरी एक सफल शल्य चिकित्सा हो चुकी थी।

प्रभा भी कुछ साल पहले इसी हस्पताल में डेंगू के चलते एक हफ्ता रही थी और ठीक हो कर घर वापिस आ गई थी। मुख्य चिकित्सक को कई वर्षों का चिकित्सा का गहन अनुभव था।

पहले दिन जनरल वार्ड में करीब 10 बेड थे। हमारा 11वा बेड लगा दिया गया था। पर इस कठिन समय में हस्पताल मिलना और उसमे ऑक्सीजन की पूरी पूर्ति मिलना एक बहुत बड़ी बात थी।

जनरल वार्ड में अत्यंत भीड़ भाड़ थी। लगभग सभी कोरोनावायरस से प्रभावित मरीज थे। इसमें मेरे जैसे लोग जो कोरोनावायरस मुक्त थे, उनके लिए खतरा था। वायरस तेजी से फैलता था। एक तरफ प्रभा को ऑक्सीजन मास्क लग गया था और वह राहत का अनुभव कर रही थी दूसरी तरफ उसे यह चिंता थी कि कहीं मैं वायरस से प्रभावित ना हो जाऊं। मैं उसकी इस चिंता को समझ रहा था।

यह एक युद्ध था। सबसे शक्तिशाली शत्रु के विरुद्ध। इसमें सौ तरह की वस्तुओं को एक साथ समझना था। एक अच्छी रणनीति बनानी थी, जोर शोर से लड़ना था और उम्मीद करनी थी कि शत्रु दया कर के हमें छोड़ दे।

मुख्य चिकित्सक ने 13 मई को ही सारे ब्लड टेस्ट करा लिए थे। उसने एक चिकित्सा पद्धति निश्चित की। ब्लड टेस्ट से पता चला निमोनिया भी है। एंटीबायोटिक्स, स्टेरॉइड्स और बहुत से अन्य दवाओं के साथ रेमडेसीवर इंजेक्शंस भी निश्चित किए गए और पहले दिन सब दवाएं दी जाने लगी। मैं एक स्थान से दूसरे स्थान पर भागता रहा। दवाइयां, टेस्ट, डॉक्टर का नजरिया लेना और उसके साथ साथ मैं प्रयास कर रहा था कि प्रभा को यदि हस्पताल में कोई कमरा खाली हो तो तुरंत मिल जाए।

शाम तक के अथक प्रयासों से एक ऐसा कमरा मिल गया जहां सिर्फ दो ही बेड थे। मैने भाग कर प्रभा को यह अच्छा समाचार दिया तो उसने थोड़ी राहत की सांस ली। 13 मई की रात को ही प्रभा को उस दो लोगों के साझा कमरे में स्थानांतरित कर दिया गया।

रेमडेसीवर इंजेक्शंस पहले दिन दो लगते थे वो लग चुके थे। अगले चार दिन एक एक इंजेक्शन और लगना था। बाकी सब कोरोनावायरस की आधिकारिक दवाइयां चल ही रही थीं जो ऐसी परिस्थिति में सब हस्पताल दे सकते थे।

दस मिनट अब मैं प्रभा के साथ बैठ पाया। हम दोनो ने एक दूसरे का हाथ पकड़ा। कठिनाइयों के बारे में बात करने का कोई लाभ नहीं था। सब जल्दी ठीक हो जायेगा ये कहना हम दोनो के लिए जल्दबाजी होती।

हम एक दूसरे का हाथ पकड़ कर बैठे रहे।

चुप रहे।

दोनो को ऐसे ही शांति मिलती थी जब भी हमें शांति की तलाश होती थी।

"जीत ही लेंगे बाज़ी हम तुम...
खेल अधूरा छूटे ना....
प्यार का बंधन टूटे ना।"

24. हस्पताल में पहला हफ्ता।

"प्यार कोई बोल नहीं,
प्यार आवाज़ नहीं...
एक ख़ामोशी है, सुनती है कहा करती है...
न ये बुझती है न रुकती है न ठहरी है कहीं...
नूर की बूँद है.....
सदियों से बहा करती है।"

अब रात तक प्रभा को स्थिर करने के बाद मैं हस्पताल से बाहर आकर अपनी कार में बैठ गया। यह एक छोटी सी वैगन आर कार थी जिसने पिछले पांच सालों से मेरा भरपूर साथ निभाया था। सुख दुख में पूरा काम आई थी।
मैं कार में बैठ कर आगे की रणनीति बनाने लगा।

मेरे जीवन के समस्त अनुभव की अब कड़ी परीक्षा थी। दाव पर मेरा ही जीवन था मेरी प्रिय प्रभा के रूप में। मैने पूरे दिन का एक खाका खींच डाला। फिर उसको 24 घंटो में विभाजित कर दिया। यह लड़ाई लंबी चल सकती थी। इस युद्ध को बाहुबल से नहीं दिमाग़ से लड़ना था। बाहुबल को बचा कर रखना था।

प्रभा की परिचर्या और ईलाज को स्थिर करने के बाद और बहुत से काम थे जो क्रमानुसार करने इतने ही आवश्यक थे।

पहला काम था, अपने आप को कोरोनावायरस से बचा कर रखना। हस्पताल मैं मुझे घर से प्रत्येक 24 घंटे में चार से पांच बार जाना था। हस्पताल में अधिकांश मरीज़ कोरोनावायरस के ही थे। मैने निश्चय किया। मैं दोहरा मास्क पहनूंगा, हाथ में पतले रबर के सर्जिकल दस्ताने पहनूंगा, सिर के ऊपर प्लास्टिक की सर्जिकल कैप पहनूंगा, स्पोर्ट्स शूज पहनूंगा चप्पल नहीं। अल्कोहल स्प्रे का डब्बा हमेशा अपनें हाथ में रखूंगा और हाथ बार बार सैनीटाइज करता रहूंगा।

इसके अतिरिक्त यह भी निर्धारित कर लिया कि जितनी भी बार हस्पताल से घर आऊंगा उतनी बार सीधे नहाने के लिए स्नानघर जाऊंगा। पहले सभी कपड़े धो दूंगा फिर डेटॉल से नहाऊंगा। फिर कपड़े बाहर बालकनी पर सूखने डाल दूंगा।

मैं मां और बच्चों को दोबारा अपने माध्यम से वायरस से पीड़ित होते नहीं देखना चाहता था।

दूसरा काम था मां और बच्चों को समय पर खाना देना, उन्हे समय पर दवाई देना और समय पर सुलाना। वो अभी पूरी तरह स्वस्थ नहीं हुए थे।

तीसरा काम था अपना कम से कम उतना ध्यान रखना कितना स्वस्थ रहने के लिए अति आवश्यक हो। मैं इस पूरी यांत्रिकी का मुख्य पुर्जा था। मैं बीमार हो गया तो पूरी मशीन ठप्प हो सकती थी। मैंने निश्चय किया कि रात को कम से कम पांच घंटे और दिन में कम से कम एक घंटा सोया करूंगा। पूरे दिन में एक कोई भी फल और एक मुट्ठी सूखे मेवे अवश्य खाऊंगा। पानी भी पर्याप्त मात्रा में पीता रहूंगा।

इन सभी योजनाओं के मध्य में मैने प्रभा पर पूरा ध्यान केंद्रित कर दिया। रात को 11 बजे मैं प्रभा के कमरे में पहुंच जाता, सुबह 5 बजे तक वहां बैठ कर ऑक्सीजन सिलेंडर और ग्लूकोज ड्रिप इत्यादि पर नजर रखता।

जब मैं रात को बैठा रहता तो प्रभा आराम से कुछ घंटे सो जाती।

सुबह 5 बजे मैं प्रभा से विदा लेता और घर आकर, कपड़े बदल कर, साबुन से नहाकर सो जाता। सुबह 9 बजे मैं उठकर, नाश्ता खुद बनाकर, खा कर, सब सुरक्षा कवच पहन कर फिर हस्पताल पहुंच जाता।

सुबह मुख्य चिकित्सक दौरे पर आते। उनसे प्रभा की हालत के बारे में पता लगाता। वो बहुत कम बोलते थे। एक साल से ज्यादा कोरोनावायरस के मरीजों का इलाज कर रहे थे। और अब तो काम इतना बढ़ चुका था कि वो कम से कम शब्दों में काम चला रहे थे। पर उनका अपने मरीजों पर पूरा ध्यान था। एक एक रिपोर्ट वो स्वयं चेक करते थे। बहुत से मरीज ठीक हो कर भी जा रहे थे। रात को दो बजे ऑक्सीजन से भरा एक सरकारी ट्रक आता था और उनके हस्पताल के सभी ऑक्सीजन सिलेंडर भर जाता था। रात को उस ट्रक को आते देख कर मुझे राहत का एहसास होता था।

मुख्य चिकित्सक के दौरे के बाद मैं नर्स से दवाई की पर्ची लेकर सभी दवाएं एकत्रित करता।

फिर एक दो घंटे प्रभा के पास बैठता।

दोपहर 12 बजे के बाद मैं घर आता। फिर वही, कपड़े बदलने, धोने, नहाना और खाना खाना। मां और बच्चों की दवाई देखता। अपनी पारिवारिक डॉक्टर से बात करता, उसकी राय लेता, निशी और अपनी बहन से बात करके उन्हे वस्तुस्थिति बताता। प्रभा के बड़े भाई जो मेरठ रहते थे उन्हे प्रभा का हाल बताता। फिर एक दो घंटे सो जाता। दोपहर को 4 बजे फिर हस्पताल पहुंच जाता। शाम के दौरे से मिली जानकारी लेकर वापिस रात के आठ बजे आता। घर पर वही जानी पहचानी प्रक्रिया अपनाता और खाना खाकर और सबको खिलाकर रात के 11 बजे फिर प्रभा के पास हस्पताल चला जाता। रात की देखभाल के लिए।

एक हफ्ता ऐसे ही बीता। प्रभा के पांच इंजेक्शन का कोर्स पूरा हो गया।

थोड़ा असर तो पड़ा पर ऑक्सीजन अभी भी नही बढ़ रही थी। खांसी कम हो गई थी। बुखार एक हफ्ते से नही था। कोई और शारीरिक समस्या नहीं थी। बस ऑक्सीजन नही बढ़ रही थी।

दूसरी बार सीटी स्कैन कराया गया तो स्कोर 10/25 से बढ़कर 14/25 हो गया।

चिंता की लकीर गहरी हो गई।

डॉक्टर से पूछा तो वो बोले,

"जो इस वायरस का आधिकारिक इलाज है वह सब दवाएं दी जा रही हैं। आप धैर्य रखें।"

फिर डॉक्टर ने सुझाव दिया,

"प्लाज्मा भी दे देते हैं। आप प्लाज्मा का इंतजाम दो दिन में कर लो।"

प्लाज्मा मेरे लिए नई चीज थी। मैने तुरंत हस्पताल के दूसरे मरीजों से पता करना शुरू किया।

एक मरीज के रिश्तेदार ने बताया,

"प्लाज्मा पाने के दो तरीके हैं। एक तो आप किसी अधिकृत ब्लड बैंक या इंस्टिट्यूट ऑफ़ लीवर एंड बिलिअरी साइंसेस जाओ। वहां किसी डोनर से प्लाज्मा दान कराओ। चाहे वो डोनर किसी भी ब्लड ग्रुप का हो। ब्लड बैंक वाले आपको आपके मरीज के ग्रुप का प्लाज्मा दे देंगे। उसे आप एक आइस बॉक्स में रख कर हस्पताल ले आओ। नर्स उसे तुरंत ब्लड की तरह शरीर में चढ़ा देगी।"

"और दूसरा तरीका?"

"एक करनाल शहर का ग्रुप है। आपको कहीं से भी नंबर मिल जाएगा। वो तीस हजार लेंगे। प्लाज्मा आपको मिल जायेगा। परंतु आपको करनाल जाकर लाना पड़ेगा।"

"धन्यवाद।"

पैसे देकर प्लाज्मा लेना तो मुझे मंजूर ही नहीं था। अब मेरे पास एक ही तरीका था।
प्लाज्मा डोनर ढूंढना था।
वो भी दो दिन के अंदर।

मैने सोचा कम से कम समय में कौन मदद कर सकता है। निशी से बात हुई। उसने फेस बुक पर डाला। उसे एक फरीदाबाद की डोनर मिल गई। प्लाज्मा सिर्फ वो ही व्यक्ति दे सकता था जिसे एक निश्चित अवधि पहले कोरोना हुआ हो और उसमे पर्याप्त मात्रा में रोग प्रतिरोधक जीवाणु हों।

मैं सिर्फ यही नहीं रुका। मैने ब्लड बैंक का पता लगाने के लिए अपने एक स्कूल के पुराने मित्र सुनील सिंह को फोन किया। वो मेडिसिन का बिजनेस करता था। उसने पता करके बताया,

"हॉस्पिटल के पास में ही एक ब्लड बैंक है जो आठ हजार रूपये फीस लेता है। तुम समान ब्लड ग्रुप के डोनर को ले जाओ तो वो उसका प्लाज्मा निकाल के आपको दो घंटे में दे देगा। अगर तुम इंस्टीट्यूट जाओगे तो वहां सरकार मुफ्त प्लाज्मा देती है पर किसी भी ब्लड ग्रुप के डोनर को वहां भी ले जाना पड़ेगा।"

प्लाज्मा मेरे लिए एक लक्ष्य था। प्रभा को किसी भी तरह डॉक्टर की बताई सब दवाएं समय पर देना मेरा काम था। मैने हस्पताल में और भी कई लोगों से बात की और उनसे मुझे कुछ समाज सेवी संस्थाओं के व्हाट्सएप नंबर मिल गए जो पीड़ित व्यक्तियों की निस्वार्थ मदद में लगे हुए थे। मैने उन सब पर अपनी आवश्यकता डाल दी।

निशी ने जिस लड़की को फरीदाबाद से भेजा था वो अपनी कार और ड्राइवर के साथ सुबह 9 बजे हस्पताल के पास वाले ब्लड बैंक आ गई। वो इतने बजे ही खुलता था। हालांकि वेबसाइट में 24 घंटे खुले रहने का जिक्र था। पर ये हिंदुस्तान था। यहां लिखे रहने और करने में अंतर होता ही है। मैने उस लड़की का धन्यवाद अदा किया। ब्लड बैंक वालों ने उसका साक्षात्कार लिया और ब्लड बैंक की डॉक्टर बोली,

"माफ कीजिए हम आपंका ब्लड स्वीकार नहीं कर सकते।"

मेरा दिल बैठ गया।
मेरे लिए एक एक पल कीमती था।

"क्यों डॉक्टर?" उस लड़की ने प्रतिरोध किया।

"मेरा ब्लड ग्रुप इनके पेशेंट से मिलता है और मैं कोरोनावायरस से उबर चुकी हूं। मेरे अंदर रोग प्रतिरोधक शक्ति भी बन चुकी है। आप क्यों मेरा ब्लड स्वीकार नहीं कर रहे हैं?"

"आप की रिपोर्ट से पता चलता है कि आप एनेमिक हैं। सरकारी निर्देश हैं कि एनेमिक लक्षण वाले प्लाज्मा डोनेशन नही कर सकते।"
लैब की डॉक्टर बोली।

अभी वो लड़की और भी लड़ना चाह रही थी पर मैं अब समझ गया था कि काम नही होगा। मैने उस लड़की को शांत किया। लैब की डॉक्टर को धन्यवाद दिया। उस लड़की का शुक्रिया अदा किया और उसे उसकी कार मैं बिठा कर विदा किया।

"मुझे आज किसी भी कीमत पर ब्लड डोनेट करना ही है। मैं अभी घर नहीं जा रही हूं। पहले इंस्टिट्यूट ऑफ़ लीवर एंड बिलिअरी साइंसेस जा रही हूं। अगर उन्होंने प्लाज्मा एक्सेप्ट कर लिया तो वहीं से आपको फोन कर दूंगी।" वो उत्तम आत्मा बोली।

मैं हैरान था कि ऐसे लोग भी हैं जो इस विकट परिस्थितियों में इतना जोखिम ले रहे हैं और दूसरों की मदद कर रहे हैं।

अभी मेरे पास एक और डोनर बाकी था।

मेरे स्कूल के ज़माने के मित्र शरद ने अपने एक जानकर लड़के को तुरंत ब्लड बैंक भेजा।
लैब की डॉक्टर ने फिर उसके कागज़ देखे।
मेरा दिल जोर से धड़कने लगा।

"सर आपका स्कोर बहुत कम है। आपके अंदर पर्याप्त मात्रा में एंटीबॉडीज नहीं हैं।"
डॉक्टर ने इस डोनर को भी अस्वीकृत कर दिया।
मैने इस व्यक्ति को भी धन्यवाद दिया और विदा किया।

अब मेरे पास आज के लिए और कोई विकल्प नहीं बचा था।
मुझे समझ नहीं आ रहा था की प्लाज्मा का प्रबंध कैसे करूं।

तभी किस्मत ने साथ दिया।
मुझे व्हाट्सएप पर एक संदेश आया कि आपका प्लाज्मा मंजूर हो गया है।

मुझे विश्वास नहीं हुआ।

यह संदेश इस समाज सेवी ग्रुप से था जिससे मैने एक दिन पहले अपनी आवश्यकता दर्ज़ की थी। मैने तुरंत फोन मिलाया। एक महिला ने फोन उठाया।

उसने बताया,

"हम इंस्टीट्यूट के साथ मिल कर काम कर रहे हैं। आपको डोनर की भी छूट मिल गई है। आपको एक नाम दे रहे हैं, आप इंस्टिट्यूट जाकर उनसे मिल लीजिए, प्लाज्मा मिल जाएगा।"

मेरी खुशी का कोई ठिकाना नहीं रहा।

सबसे पहले मैंने अपने मित्र सुनील सिंह को फोन किया,

"भाई प्लाज्मा मिल गया है। तुरंत एक आइस बॉक्स लेकर हस्पताल पहुंच।"

"अभी आया।"

हस्पताल जाकर मैंने प्रभा को यह खुशखबरी सुनाई। वो मुस्कुराई।

फिर आइस बॉक्स लेकर अपनी कार में 20 किलोमीटर दूर इंस्टीट्यूट की तरफ भागा।

रास्ते में निशी को फोन किया। वो इंस्टीट्यूट के पास ही रहती थी।

बोली, "मैं भी चलूंगी। मुझे आप मेरे घर के सामने सड़क से बैठा लेना।"

निशी को लेकर मैं इंस्टीट्यूट पहुंचा।

एक घंटे में प्लाज्मा से भरा आइस बॉक्स मेरे हाथ में था।

हस्पताल वापिस पहुंचने में एक घंटा ओर लगा।

जब हस्पताल पहुंचा तो सीनियर नर्स अपना बैग उठा कर जा रही थी।

उसे रोका।

वह रुक गई।

25 मिनिट में उसने प्लाज्मा प्रभा के शरीर में चढ़ा दिया।

मैने प्रभा की तरफ देखा।

वह फिर मुस्कुरा दी।

इसी मुस्कुराहट पर ही मेरा अस्तित्व टिका हुआ था।

25. हस्पताल में दूसरा हफ्ता।

21 मई, 2021 को एक अच्छी खबर आई।

प्रभा का आरटीपीसीआर टेस्ट नकारात्मक आया। प्रभा का कोरोनावायरस चला गया था।

पर मैं खुश नहीं था।

मैं जानता था की 15 दिन बाद कोरोनावायरस टेस्ट सब का नकारात्मक ही आता है। वायरस को जो नुकसान पहुंचाना होता है वो पहुंचा कर 15 दिन में विदा हो जाता है। प्रभा के मामले में नुकसान फेफड़ों में हुआ था।

चेस्ट एक्सरे अच्छे नहीं आ रहे थे।

जो ऐसे मामलों में दवाएं दी जा सकती थीं सब दी जा रही थीं। पर असर बहुत धीमा हो रहा था।

प्रभा के साथ दोहरे बेड वाले कमरे में दूसरे मरीज एक प्रभा की ही उम्र के सरदारजी थे। उनके भी ऑक्सीजन मास्क लगा हुआ था। उनकी बड़ी दुखभरी कहानी थी।

वो नोएडा रहते थे। उनकी माताजी को कोरोना हुआ और देहांत हों गया। अपनी माताजी का अंतिम संस्कार कर के आए तो उन्हें भी इस वायरस ने पकड़ लिया। उनकी पत्नी को भी।

कहीं भी ऑक्सीजन बेड वाले हस्पताल नही मिल रहे थे।

उनकी पत्नी को बड़ी मुश्किल से गुड़गांव में एक बेड मिला।

वो खुद गाड़ी चलाकर अकेले किसी तरह पुलिस से बचते बचाते लॉक डाउन में दिल्ली पहुंचें और इस हस्पताल में उन्हें किसी तरह एक ऑक्सीजन बेड मिल गया।

सरदार जी ज्यादा बात नहीं करते थे। अंदर से बहुत व्यथित लगते थे। बात ही ऐसी थी।

मैं जब भी उनसे पूछता,
"भाई साहब कैसी तबियत है?"
वो गर्दन हिला देते बस।
"कुछ आपको बाहर से चाहिए तो बता दीजिए मैं लेता आऊंगा।"
वो फिर ना में गर्दन हिला देते।

23 मई को प्रभा का ऑक्सीजन लेवल बढ़ने लगा।
मेरी ओर प्रभा की जान में जान आई।

दोपहर को जब मैं खाना खाने हस्पताल से घर आया तो थोड़ी देर बाद ही मुझे हस्पताल से प्रभा ने एक फोटो भेजा।
वो एक प्राइवेट डीलक्स रूम का फोटो था।
मैंने तुरंत प्रभा को फोन मिलाया।
वो बहुत प्रसन्न थी।
"मुझे प्राइवेट डीलक्स रूम मिल गया है अभी अभी।"
"वाह। मैं अभी आया।"

मैं भाग कर वापिस हस्पताल पहुंचा।
कमरा और उसमे आराम से बैठी प्रभा को देख कर मुझे प्रसन्नता हो रही थी।
प्रभा भी काफी खुश दिख रही थी।
उसके मुंह से ऑक्सीजन सिलेंडर भी हटा हुआ था।
"डॉक्टर ने कहा है दिन में कुछ घंटे मास्क हटा दिया करो।"
वो मुस्कुरा कर बोली।
मेरे दिल से थोड़ा सा बोझ कम हुआ।

मैने देखा ऑक्सीजन सिलेंडर की जगह अब एक छोटी मशीन रखी हुई है जिसे ऑक्सीजन कंसंट्रेटर कहा जाता था।
इसमें कमरे के वातावरण की हवा से ऑक्सीजन बनाई जाती थी।
ठीक हो रहे मरीजों को इस मशीन से ऑक्सीजन दी जाती थी।
उस शाम मैं प्रभा को उस कमरे में खुलकर सांस लेते हुए देखकर अत्यंत आनंदित था।

"तेरे दिल में मैं अपने अरमान रख दूँ...
आ मेरी जान...
मैं तुझ में अपनी जान रख दूँ!"

23 मई की रात को ही मैने मां और बच्चों को प्रभा की बेहतर होती स्थिति के बारे में बताया।

पहली बार मैं भी कुछ बेहतर महसूस कर रहा था। मैं दोनो बेटियों को अब तनाव से दूर ले जाने का प्रयास करना चाहता था।

मैने दोनो बेटियों से कहा,

"चलो आज लैपटॉप पर साराभाई वर्सस साराभाई के एपिसोड्स देखते हैं।"

यह एक प्रचलित हास्य व्यंग्य का धारावाहिक था एक ज़माने में।

बच्चों को यह बहुत पसंद आया था।

हम बहुत दिनो के बाद थोड़े तनावमुक्त हुए थे आज।

अभी रात के 11 बजे थे कि मां के कमरे से एक जोरदार आवाज आई।

मैं भाग कर गया।

मां अस्सी साल में पहली बार अपने जीवन में बेड से नीचे गिर गई थी।

मैने पहले मां की जांच की।

उन्हे उठा कर बिस्तर पर बैठाया।

फ्रैक्चर नही लग रहा था।

परंतु मां के सिर से खून बह रहा था।

मैं भाग कर गया और तौलिया उठा कर लाया।

तौलिया मां के सर पर कस कर बांध दिया।

बाहर अभी भी लॉक डाउन था।

मैने दीदी को फोन किया। अपने मकान मालिक को फोन किया जो नीचे की मंजिल पर रहते थे।

मकान मालिक और उनकी पत्नी की सहायता से मां को लिफ्ट से नीचे लेकर आया।

तब तक दीदी और जीजाजी भी अपनी कार में बाहर आ गए थे।

मां को अपनी कार में बैठा कर में उसी हस्पताल में ले गया जहां प्रभा थी।

हस्पताल में जांच कर के चिकित्सक ने बताया कि शल्य चिकित्सा की आवश्यकता नहीं है पर सर का सीटी स्कैन करवा कर भी देख लेते हैं।

मैने मां को प्रभा के साथ वाले हस्पताल के कमरे में भर्ती करवा दिया। सारी रात मैं मां के कमरे में बैठा रहा। हम प्रभा को नहीं बताना चाहते थे कि मां के साथ भी कोई हादसा हुआ है। मैं प्रभा के कमरे के सामने से भाग कर निकल जाता ताकि वो मुझे देख न सके।

पर प्रभा भी प्रभा ही थी।

उसे जैसे मेरी खुशबू आ जाती थी।

सुबह छह बजे तक उसने नर्स से पता लगा ही लिया कि मेरे साथ क्या चल रहा है।

सुबह छह बजे मैं उसके कमरे में ऐसे गया जैसे मैं उससे मिलने सीधा घर से ही आया हूं।

इतनी बीमारी झेलने के बाद भी उसके चेहरे की चमक वैसी ही थी।

वो मुझे देख कर मुस्कुराई और बोली,

"रात से आप कहां व्यस्त हो?"

मैं भी हंस पड़ा।

"मां कल रात बिस्तर से नीचे गिर गई। कोई चिंता की बात नहीं है। कोई फ्रैक्चर नही है। पट्टी कर दी है डॉक्टर ने। आज शाम तक घर चली जायेंगी।"

वो अपने स्वभाव के अनुसार शांति से बोली, "कहां है वह?"

"बिलकुल साथ वाले कमरे में।" मैं बताते हुए हंस दिया।

वो भी हंस दी।

अपनी जिंदगी की सभी मुसीबतों को हमने अब तक ऐसे ही हंसते हंसते झेला था।

तभी मां उसके कमरे में आ गई।

दोनो हंसने लगीं।

उसी दिन प्रभा अपने कमरे से फल काट कर ले गई और मां के कमरे में दे आई।

मां ने कहा, "बेटा तू क्यों आई? किसी नर्स के हाथ भेज देती?"

वो बोली, "मां मैं अब ठीक हो रही हूं। देखी ऑक्सीजन भी हट गई है। वैसे भी नर्स के हाथ का आपको अच्छा नहीं लगता।"

23 से 25 मई तक मै मां और प्रभा के कमरों के बीच भागता रहा। घर जाकर बच्चों को भी संभाल कर आना पड़ता था। हालांकि दोनो लड़कियां प्रभा की तरह ही आत्मनिर्भर और आत्मविश्वासी थीं। वो भी डट कर इस युद्ध में साथ दे रहीं थीं।

इस बीच बड़े भाई का फोन आया।

उसने अभी तक प्रभा की खबर नहीं पूछी थी।

आज भी नहीं पूछी।

वो अन्नपूर्णा जिसने इनको हजारों बार अपने हाथ का स्वादिष्ट खाना खिलाया था उस व्यक्ति को उसके जीने मरने से ज्यादा अपना पैसा, अपना शरीर और अपना घमंड प्यारा था।

उसने पूछा,

"तू हस्पताल में है क्या?"

"हां।"

"मैं हस्पताल के बाहर खड़ा हूं। बाहर आ जा।"

वो बीमारी के डर से अंदर नहीं आना चाहता था।

आना तो शायद वो हस्पताल के बाहर भी नहीं चाहता था।

मैने उसे बताया, "अभी मां को देखने डॉक्टर दौरे पर आने वाले हैं, उनसे मिल कर बाहर आता हूं।"

"कितना समय लगेगा?" उसने पूछा।

"करीब 15 मिनिट लगेंगे।"

"तो मैं जाता हूं फिर।" कहकर उसने फोन रख दिया।

उसका पीछा छूट गया।

25 मई को मैं मां को हस्पताल से ठीक होने के बाद घर ले आया।

इस बीच मां जाने से पहले व्हील चेयर पर प्रभा के कमरे में गई।

दोनो हंसने की कोशिश कर रही थीं।

प्रभा बोली,"आप चलो मैं भी ठीक होकर एक दो दिन में आ जाऊंगी।"

मां ने रूंधे गले से कहा, "देख सब ठीक हो गए और तू फंस गई।"

प्रभा तो जीवट का एक अनोखा उदाहरण थी ही। बोली, "मां हम पांचों में से किसी न किसी को तो हस्पताल आना ही था। अच्छा हुआ मैं ही आ गई।"

प्रभा का जीवन तो दूसरों के भले के लिए ही था और फिर ये तो उसका अपना परिवार था। ऐसे जीवन इस संसार में कितने होते हैं?

26 और 27 मई को प्रभा की तबियत स्थिर रही। चेस्ट एक्सरे अच्छा नहीं आया। ऑक्सीजन की आवश्यकता भी थोड़ी बढ़ने लगी। उसी अनुपात में मेरी चिंता भी बढ़ने लगी।

मैने डॉक्टर से पूछा, "अब क्या करना है?"
"दवाइयां सब ये ही हैं। आप इंतजार करो असर करेंगी।" वो आश्वासन देते हुए बोले।

मुझे अब किसी बात पर विश्वास नहीं हो रहा था।

28 मई को डॉक्टर मेरे पास आए और बोले, "देखिए दवाइयां तो ये ही चलेंगी। एक काम कर रहे हैं, प्रभा को मैं आईसीयू मैं शिफ्ट कर रहा हूं।"
मैने उसकी तरफ प्रश्नवाचक दृष्टि से देखा।
"चिंता की बात नहीं है। वहां पर सुविधा ज्यादा हैं। अच्छी देखभाल होगी तो तबियत में सुधार आएगा।"

प्रभा को उसी हस्पताल के आईसीयू में स्थानांतरित कर दिया गया।

अब मैंने फेफड़ों के विशेषज्ञ को ढूंढना शुरू किया। जीजाजी ने अपने पहचान के एक बहुत बड़े डॉक्टर से बात करके एक फेफड़ों के विशेषज्ञ का नंबर दिया। मैने तुरंत उनसे आग्रह किया वो हस्पताल आकर मेरे मरीज को देखें।

वो आए, मुख्य चिकित्सक से बात की, आईसीयू में जाकर प्रभा को देखा और क्या दवाइयां दी जा रहीं हैं इसका मुआयना किया।
बोले," दवाइयां तो ठीक हैं पर मैं एक दवा बढ़ा रहा हूं और एक दवा की मात्रा में परिवर्तन कर रहा हूं। फिर देखते हैं।"

मैने तुरंत आईसीयू के कर्मचारियों से मिलकर यह पक्का किया कि आज शाम से ही ये दवाएं आरंभ कर दी जायेंगी।

अब आईसीयू में प्रभा से मैं निर्बाध नहीं मिल सकता था।
मिलने का एक निश्चित समय था।
पहली बार मैंने आईसीयू के बाहर बैठ कर रोना शुरू कर दिया।
उसे मास्क लगा कर सांस लेने में तकलीफ हो रही थी।
मैं सब कुछ करना चाहता था पर कुछ नही कर पा रहा था।

वह मेरे टूटने की शुरुआत थी शायद।

अगले दिन, 30 मई को, मैं सुबह से ही प्रभा को ध्यान से देख रहा था। उम्मीद थी की विशेषज्ञ की नई दवाई असर करेंगी। मैने उन्हे आज भी हस्पताल बुला लिया था। शाम को 5 बजे उन्हे आना था परंतु किसी सर्जरी की वजह से वो 8 बजे रात को ही आ सके। प्रभा को सांस लेने में तकलीफ जारी थी। उन्होंने प्रभा की जांच की ओर बोले,

"इन्हे और बेहतर आईसीयू की जरूरत पड़ेगी। अब आप इन्हे किसी बड़े हस्पताल लें जाइए।"

रात के 9 बजे थे। मैने तुरंत बिना समय गवाए, सभी उन लोगों को फोन मिलाना आरंभ कर दिया जो बड़ा हस्पताल ढूंढने में मेरी सहायता कर सकते थे। कोरोनावायरस की दूसरी लहर अपना कहर बरपा के धीमी पड़ रही थी परंतु अभी भी बहुत से लोग हस्पताल में भर्ती थे। बड़े हस्पतालों में तो तिल रखने को जगह नहीं थी।

मैने निशी और उसकी बहन राशि, जो की एक पायलट थी कम्बोडियन एयरलाइंस में, के सहयोग से दिल्ली के एक सबसे बड़े और कोरोनावायरस के इलाज के लिए सबसे प्रतिष्ठित हस्पताल में जगह ढूंढ ली। यह एक चमत्कार के समान ही था।

रात 11 बजे मैने निश्चय किया कि सुबह तक की प्रतीक्षा नहीं करेंगे। अभी हस्पताल बदलेंगे। आज पहली बार मुझे व्यक्तिगत मदद भी मिल रही थी। मेरा भांजा समर्थ, उसकी पत्नी निशी और उनका दोस्त अपूर्व भी हस्पताल के बाहर आ गए थे। आज से पहले पूरा एक महीना में अकेला ही था। कोरोनावायरस के डर और लॉक डाउन की वजह से कोई भी मदद के लिए नहीं आ सका था।

मुझे कुछ भी खाए सुबह से 16 घंटे हो चुके थे। एक महीने की शारीरिक भागदौड़ और मानसिक तनाव अपना काम कर रहे थे। परंतु अपना मकसद पाने के चक्कर में मुझे पता नही चल रहा था कि मेरे शरीर में क्या चल रहा है।

निरंतर तीन घंटे से मैं फोन और व्हाट्सएप पर दर्जनों लोगों से बात कर रहा था, उनके जवाब दे रहा था, अपने सवाल पूछ रहा था, हस्पताल, एंबुलेंस के विवरण जमा कर रहा था। अभी जो हस्पताल था उससे डिस्चार्ज स्लिप बनवा रहा था ताकि बड़े हस्पताल में तुरंत वहीं से इलाज शुरू हो जाए जहां से यहां पर इलाज समाप्त हो रहा है।

मैं अब प्रभा के पास आईसीयू में गया।
प्रभा की हालत अच्छी नहीं थी।
हम दोनो ही यह बात जानते थे।
मैने प्रभा के चेहरे को अपनी हथेलियों में लिया।
उसकी आंखों में देखा।
"प्रभा मेरी तरफ देखो।"
उसने मेरी आंखों में देखा।
उसकी आंखें उदास थी।
उसे उदास देखकर मेरे अंदर कुछ खत्म हो रहा था।
पर मैं उसके सामने टूट नहीं सकता था।

"मैं तुम्हे दिल्ली के सबसे बड़े हस्पताल में ले जा रहा हूं। तुम मेरी आंखों में देखो। मैं तुम्हे कुछ नहीं होने दूंगा।"
मैने पूरी कोशिश की थी की मेरी आवाज़ ना भारी हो जाए।
प्रभा को पता था की मैं जमीन आसमान एक कर दूंगा।
पर जितनी समझदार वो थी उसको यह भी पता था कि मैं एक साधारण इंसान ही हूं और एक शक्तिशाली महामारी के सामने कहीं नहीं ठहर पाऊंगा।
परंतु उसने जल्दी से मुझे बताया कि उसका कौन सा सामान साथ लेना है।

रात को मैंने 11 बजे एक बड़ी एंबुलेंस बुलाई। इसमें एक डॉक्टर और एक टेक्नीशियन भी साथ थे। ऑक्सीजन की पूरी व्यवस्था थी। प्रभा को मैं ऊपर से ऑक्सीजन सिलेंडर के साथ लाया और एंबुलेंस मैं लिटा दिया। हाई पावर मास्क भी लगाया गया।

डॉक्टर बैठे। मैं भी बैठा।
एंबुलेंस ठीक रात के 11.30 बजे चली।

प्रभा की ऑक्सीजन मास्क लगे होने की बावजूद 70 पर थी। साधारण स्तर बिना मास्क के 99 से 96 होता है।

प्रभा ऑक्सीजन के लिए संघर्ष कर रही थी।

मेरे दिल में एक उम्मीद थी। बड़े हस्पताल में सब ठीक हो जायेगा।

एंबुलेंस चली तो सड़के सुनसान थीं।

करीब 100 किलोमीटर की गति होगी।

मैं प्रभा के पांव की तरफ बैठा था।

मेरी तबियत खराब होने लगी।

लगा जैसे उल्टी होने वाली है।

शरीर बिलकुल ढीला पड़ गया।

मैने एंबुलेंस में बैठे डॉक्टर को बताया।

उसने मुझे एक गोली खाने को दी।

प्रभा की नजर उसकी ऐसी हालत में भी मुझ पर ही थी। उसे मेरी चिंता थी।

हम दोनो की नजर मिली।

मैने उसे हाथ के इशारे से बताया कि मैं ठीक हूं।

उसने मुझे आंख के इशारे से बताया कि वो भी बेहतर है।

वो 25 मिनिट का रास्ता जिंदगी से भी लंबा लग रहा था।

आखिर किसी तरह हम हस्पताल पहुंचे। वहां समर्थ, निशी और अपूर्व हमारी प्रतीक्षा में थे।

मैं प्रवेश संबंधित कागज़ भरने के लिए भागा।

हस्पताल के स्टाफ ने प्रभा को दाखिल करने का इंतजाम किया। दस मिनट पहाड़ जैसे बीते।

कागज़ पूरे करने के बाद मैं भाग कर एम्बुलेंस के पास गया।

प्रभा को हस्पताल का स्टाफ एंबुलेंस से उतारने के लिए हाई ऑक्सीजन मास्क और स्ट्रैचर ले आया था। प्रभा को स्ट्रेचर पर चढ़ने में थोड़ी परेशानी हो रही थी।

स्ट्रेचर को लेकर स्टाफ के लोग तेजी से एक बड़ी बिल्डिंग की लिफ्ट की तरफ भागे जा रहे थे। मैं साथ साथ भाग रहा था। लिफ्ट के पास पहुंच कर उन्होंने कहा,

"सर, यह कोरोना बिल्डिंग है। यहां से आगे आप नहीं आ सकते।"

लिफ्ट मैं जाती प्रभा को देखकर मैं चिल्लाया,
"प्रभा मैं तुम्हे ठीक कराकर यहां से लेकर जाऊंगा।"
लिफ्ट का दरवाजा बंद हो गया।
एकदम सन्नाटा हो गया।
बाहर भी अंदर भी।

मुझे पूरी उम्मीद थी कि यहां वह ठीक हो जाएगी।
चाहे कितना भी समय लगे।
परंतु समय भाग रहा था।
मेरे अंदर का समय धीमा चल रहा था।

"तूने मुझे चोरी से अपना बनाया..
प्यार की राहों पे चलना सिखाया..
दुःख और सुख में जीना बताया..
मैं हूँ तुझपे वारी सजना.."

मैं सुबह का इंतजार करने लगा।
31 मई की सुबह का।

26. नन्हे फरिश्ते।

"छोटा सा इक दीपक है और टिम टिम करती ज्योति....
हीरे जैसी आँख से इसके टूट रहे हैं मोती।
के नन्हें हाथ जुड़े मितरा..
ना इसकी बात मुड़े मितरा...
अगर ये खो जाएगा मितरा...
तो झूठा हो जाएगा मितरा...
जीवन चलने का नाम...."

दोनो बेटियों एक साल से स्कूल नहीं गई थीं।
सब स्कूल बंद थे। ऑनलाइन कक्षाएं ही चालू थीं।
उन दोनो की तो अब एक महीने से वो ऑनलाइन कक्षाएं भी बंद थीं।
एक 12 साल की थी। दूसरी 16 साल की।
घर से बाहर निकले उन्हे महीनो हो जाते थे।
खेलने को दोस्त नहीं थे।
वायरस की खबरे सुनते और लोगों की दुख से भरी बातें सुनते उन्हे एक साल से ऊपर हो गया था।

पिछले एक महीने से उन्होंने खुद पर वायरस का हमला झेला था। फिर अपनी दादी, मुझे और अब अपनी मां को वो संघर्ष करते देख रहे थे।
सब चुपचाप।

जो मिल रहा था वह खा रहे थे।
जो दिख रहा था वह पहन लेते थे।
जब जैसे कहो वैसा कर लेते थे।

उनके मन में इस छोटी उम्र में बहुत कुछ चल रहा होगा।
उनकी मां तीन हफ्ते से हस्पताल में थी।
पिता एक महीने से भागे भागे फिर रहे थे।
बात करने का ज्यादा वक्त नहीं था।

बच्चों के लिए यह एक भयानक स्वप्न से कम नहीं रहा होगा।

पर उनमें प्रभा का खून था।
वो बाहर से एकदम शांत थे।
वो मुझे शांत करने में लगे थे।
मैं मन ही मन सोच रहा था कि यह दुस्वप्न कब समाप्त होगा। कब ये बच्चे अपनी सामान्य जिंदगी में लौटेंगे?

पर मुझे इन पर गर्व था।

छोटी उम्र में इनका दिल नन्हा सा था पर परिस्थितियों से जूझने की क्षमता रखता था।
वो मेरे साथ कंधे से कंधा मिला कर अपनी किस्मत से लड़ रहे थे।
दुनिया के सबसे शक्तिशाली वायरस से लड़ रहे थे। कमाल का साहस था इन बच्चों में।

मैं भी जब छह साल का था, पिता का साया सिर से उठ गया था।
मैने अच्छी जिंदगी कभी देखी ही नहीं थी तो जैसी देखी उसी जिंदगी को अच्छा समझता था।
परंतु इन लड़कियों ने तो अच्छा वक्त देखा था। अब बुरे वक्त का सामना अच्छे से कर रही थीं।
वो अपने आप पर पूरा काबू रखते हुए डट कर यह भयंकर लड़ाई लड़ रहीं थीं।

जब अपने परिवार पर कोई मुसीबत देखता है तो वो मौत से भी पंजा लड़ा सकता है।
मैं अकेला नहीं था। मेरे साथ मेरा परिवार लड़ रहा था।

मां का तो पूरा जीवन ही पंजा लड़ाने में बीता था। उनकी क्षमता में कोई शक ही नहीं था।

अब संघर्ष ही जीवन था।
राह कठिन थी।

27. जून की तपिश और प्रभु की लीला।

"कोई वादा ना करें...
कभी खाएं ना कसम..
जब कहें बस ये कहें...
मिलके बिछड़ेंगे ना हम..
प्यार की...
प्रीत की....
यूंही बरसात रहे।

31 मई का दिन बड़े हस्पताल में ठीक ही रहा।
प्रभा के स्वास्थ्य में कोई गिरावट नहीं आई।
इस हस्पताल को वायरस से लड़ने में महारत हासिल थी।

पर ये महारत सिर्फ लड़ने में थी। वायरस से जीतने की गारंटी समूचे विश्व में कोई नहीं दे सकता था।

प्रभा जिस वार्ड में दाखिल थी वो कोरोना आईसीयू वार्ड था।
जिस इमारत में थी वो भी कोरोनावायरस पीड़ितों के लिए संरक्षित थी।
उस इमारत में मरीज के किसी भी सहायक का रुकना संभव नहीं था।
इमारत के अंदर घर का कोई भी व्यक्ति मरीज़ का हालचाल पता करने भी नही जा सकता था।

सुबह करीब दस बजे जब डॉक्टर दौरा कर जाते थे तो मरीज के परिचारक के अधिकृत मोबाइल नंबर पर एक डॉक्टर मरीज का हाल बताता था।
इस फोन को सुनने से पहले हम सब अत्यधिक तनाव में आ जाते थे।

अब जून, 2021 का महीना आरंभ हो चुका था।
मेरे लिए अब कोई मायने नहीं रखता था कि लॉक डाउन है या समाप्त हो गया है।
मेरा पूरा शरीर अब मेरे कान बन चुका था।
हर आहट प्रभा की खैरियत मांगती थी।

जून की गर्मी मुझे झुलसा नहीं पा रही थी।
मैने प्रभा के लिए अभेद्य कवच ओढ़ लिया था।
मौसम का मेरे शरीर पर असर पड़ना बंद हो गया था। जो खबर प्रभा से ताल्लुक नहीं रखती थी मेरे किसी काम की नहीं थी।

भगवान से दुआ मांगना मेरे लिए समय व्यर्थ करने जैसा था।

असल में इंसान के बनाए हुए भगवानों पर विश्वास मैं नहीं करता था। मेरी यह विचारधारा बहुत सालों के मंथन के बाद बनी थी। मेरे विचार में शिव, राम, कृष्ण सब पूर्णतया सत्य थे। परंतु ये वो भगवान नहीं थे जो ब्रह्माण्ड की रचना और उत्पत्ति से जुड़े हुए थे। ये सब बाहरी ग्रहों से आए तकनीकी रूप से हम से हजारों, लाखों साल आगे के युग पुरुष या युग महिलाएं या कुछ और थे।

इस विचारधारा का एक आधारभूत कारण था। हमारा सौर्यमंडल करीब 10 अरब साल पहले बना। हमारे ब्रह्मांड की आयु करीब 15 अरब साल पुरानी है। पृथ्वी को बने 4 अरब साल से कुछ ही ऊपर हुए हैं। आदि मानव को आए अभी एक करोड़ साल भी नहीं हुए हैं।
अब कितना भी लचीला सोच लें, उन सभ्यताओं को भी सोच लें जो अभी तक कोई खोज भी नही पाया है तो भी संगठित सामाजिक रूप से रहने वाले सेपियंस यानी इंसान दो लाख साल पहले नही थे।

अब रामायण, महाभारत, ईसा मसीह, बुद्ध, महावीर इत्यादि सभी ऐतिहासिक घटनाओं को हुए 1,000 से 50,000 साल ही हुए हैं। इसमें वो सब इतिहास भी आ गया जिसे हम इतिहास कहते हैं और वो सब धार्मिक कथन और मान्यताएं भी आ गई जिन्हे हम धर्म मानते हैं।

चार अरब सालों के हमारे ग्रह के जीवन में इंसान रूपी जानवर (species शायद एक बेहतर शब्द है) केवल एक करोड़ साल से कम समय से रह रहा है। मतलब 0.25

प्रतिशत समय भी हमें धरती पर बने नहीं हुआ है। हम से कहीं अधिक समय तक, करीब बीस करोड़ साल से अधिक समय तक, डायनासौर पृथ्वी पर राज कर चुके हैं। इस विशाल समय में उन्होंने कोई खास आविष्कार नही किए थे।

जल, थल और नभ में पृथ्वी पर करोड़ों किस्म में प्राणी थे पर तरक्की की सिर्फ एक प्राणी ने।

इंसान ने।

क्यों?

आखिर हम भी तो सिर्फ कुछ लाख साल पहले कोरे जानवर ही थे। शिकार करना, गुफा में रहना और फिर सदा अगले शिकार की तैयारी में रहना। किसी भी जंगली जानवर और आदि मानव में क्या अंतर था?

कुछ भी नहीं।

सिवाय इसके कि तथाकथित भगवान जो असल में पृथ्वी के बाहर के उन्नत प्राणी थे उन्होंने देखा कि वो हमारा विकास कर सकते हैं। वो पृथ्वी पर हमारा शारीरिक और मानसिक विकास करने लगे। उनके कुछ अपने कारण होंगे हम पर मेहनत करने के।

अभी तक तो उनकी इंसान के लिए की गई मेहनत सफल ही रही है।

गुफा से निकल कर हम रोबोटिक ऑपरेशन, स्पेस वॉक, सैटेलाइट तकनीक पर तो पहुंच ही गए हैं।

अब देखते हैं कि समय समय पर अवतार लेने वाले ये चरित्र हमें कहां तक ले जाते हैं।

मुझे यह कभी नहीं लगा कि ये चरित्र जो पहले खुल कर हमारी मदद करते थे परंतु अब आधुनिक तकनीक (हमारे हिसाब से) हम लोगों के पास होने का कारण, गुप्त रूप से धरती पर आते हैं, इस ब्रह्माण्ड के रचयिता हो सकते हैं।

ये चरित्र केवल तकनीक और बौद्धिक ज्ञान में हमसे हजारों लाखों साल आगे थे। ऐसा होता तो कुछ ही लाखों साल बाद (डायनासोर बीस करोड़ साल से ज्यादा रहे हैं पृथ्वी पर तो कुछ लाख साल तो इंसान भी और रह ही सकते हैं) इंसान को भी किसी दूसरे अविकसित ग्रह पर भगवान का दर्जा प्राप्त हो सकता है।

तो भगवान की पूजा करना और उससे दया की भीख मांगना मुझे समय की बरबादी से ज्यादा कुछ नहीं लगा। यह मान लेना कि भगवान के अकाउंटेंट चित्रगुप्त सबका

हिसाब किताब अपनी अकाउंट बुक में दर्ज कर रहे हैं और उसके हिसाब से उन्हें सुविधा या असुविधा दे रहे हैं, एक अजीब तर्क था।

कोई इतना बड़ा ब्रह्माण्ड बनाएगा, फिर धूल के एक कण से भी छोटे ग्रह के करोड़ों प्रजातियों में से एक क्षणभंगुर समय के लिए अस्तित्व में आई किसी एक प्रजाति के लिए पाप पुण्य का पूरा खाता खोल के बैठेगा, ऐसा विचार मस्तिष्क में आ भी कैसे सकता है।

परंतु ये बाहरी दुनिया से आए युगपुरुष तो वास्तव में आए ही थे। जो काम महाभारत और रामायण आदि प्राचीन ग्रंथों में वर्णित हैं (पुराने तरीके से लिखे मौखिक इतिहास में) इन महाशक्तियों ने किए, वो तो किए ही थे।

उदाहरण के लिए, कृष्ण जी ने अपना मुख खोल कर अपनी माता को ब्रह्माण्ड का नक्शा दिखा कर सब समझना चाहा था, पर वो डर गईं।

ब्रह्मास्त्र आदि और अंतर्ध्यान होने की तकनीक तो सच में प्रदर्शित की ही गई थी।

सुदर्शन चक्र भी कोई काल्पनिक अस्त्र नहीं था।

वैसे तो ये सब ही बाहरी दुनिया के उन्नत प्राणी मुझे पसंद थे पर भगवान तो सृष्टि के निर्माता को ही कहा जा सकता है। उसको तकनीक के प्रदर्शन की क्या आवश्यकता? उसकी तकनीक तो अपरंपार होगी। उसे ब्रह्मास्त्र, त्रिनेत्र और सुदर्शन चक्र जैसी आम तकनीक की क्या आवश्यकता थी? कोई आवश्यकता नहीं थी।

मेरे प्रिय थे कृष्ण और महादेव।

कृष्ण इसलिए क्योंकि उन्होंने धर्म को तर्क के तराजू पर तोल के दिखाया। अगर आप को अर्ध सत्य भी बुलवाना पड़े किसी से तो बुलवाएं। अश्वथामा मारा गया। धर्म का युद्ध जीतने के लिए गुरु शिष्य या भाई भाई को मारने में संकोच ना किया जाए ऐसी शिक्षा अर्जुन को दी गई।

द्रौपदी के साथ सखा बनकर, रुक्मणि की इच्छा अनुसार उसका अपहरण कर विवाह कर या बचपन की मित्र राधा के साथ निर्मल तथा निश्छल प्रेम का प्रदर्शन कर उन्होंने पृथ्वी के मानवों को सही निर्णय लेने का मार्ग दिखाने का पूरा प्रयत्न किया। असाधारण अस्त्र शस्त्र होना तो उनकी प्रजाति में साधारण सी बात थी।

श्री कृष्ण एक वास्तविक और ऐतिहासिक व्यक्ति थे। उनके ऐतिहासिक पुरुष होने के अनेक प्रमाण हैं। मोहन जोदड़ो में एक मुद्रा प्राप्त हुई है जिसमे कृष्ण के बचपन की आकृति अंकित है। यह मुद्रा 2600 ईसा पूर्व से पहले की है। इसका मतलब है कि आज से 4600 साल पहले भी कृष्ण को पूजा जाता था। महान गणितज्ञ आर्य भट्ट और बाद के कई आधुनिक विद्वानों की गणना के अनुसार कृष्ण का जन्म आज से लगभग 5000 वर्ष पूर्व 3200 से 3100 ईसा पूर्व में हुआ और वह इस पृथ्वी पर 125 वर्ष तक जीवित रहे।

ग्रीक अभिलेख भी मिलें हैं जो यहां तक कहते हैं कि कृष्ण सिकंदर के समय से 138 पीढ़ी पूर्व पैदा हुए थे। सिकंदर का समय लगभग 330 ईसा पूर्व है। एक पीढ़ी से दूसरी पीढ़ी का अंतर 20/22 वर्ष का भी मान लिया जाए तो कृष्ण के होने का समय वही 3200 से 3100 ईसा पूर्व का निकलता है।

दंत कथाओं के अनुसार उनका अंत एक बहेलिए के तीर से हुआ जिसने हिरण के धोखे में उनके पांव के तलवे पर तीर चला दिया।

असल में भारत का अपना इतिहास सिरे से गायब है या जानबूझ कर गायब कर दिया गया है।

महादेव इसलिए क्योंकि वह सबसे प्राचीन बाहरी शक्ति थे इस ग्रह पर आने वाले।

उन्होंने आदि मानव के विकास के समय और शायद उससे भी पहले से इस "पृथ्वी परियोजना" का संयोजन किया था। उनका स्थान सबसे दुर्गम जगह पर था। कैलाश पर्वत। जो शक्ति का केंद्र माना जाता है। जिस पर्वत पर आज तक कोई भी नहीं चढ़ा है।

वो आदि पुरुष हैं। मस्त मौला, भोले भंडारी। एक पत्नी धारी भी। पार्वती उनका ही एक अंग है। प्रेम की दुर्गम स्थान पर पराकाष्ठा।

गणेश उनके पुत्र हैं।

सर्जरी से बालक के शरीर पर हाथी का मुख लगाना पड़ा था।

अत्यंत शांत शिव जब किसी पर क्रोधित होते हैं तो तीसरे नेत्र से अग्नि निकलती है और जो सामने आता है उसे भस्म कर देते हैं।

गंगा के बलशाली वेग को उन्होंने ही रोका था। चांद की कलाएं भी उनके नियंत्रण मैं थीं।

उनका तांडव नृत्य कॉस्मिक डांस का प्रतीक है जो हर समय ब्रह्माण्ड में होता ही रहता है।

शिव की पूजा कृष्ण के समय भी होती थी यानी करीब 5100 साल पहले। राम के काल में भी शिव पूजे जाते थे यानी करीब 7200 साल पहले। आयरलैंड, तुर्की, ईरान, इजिप्ट, बेबीलोन, हड़प्पा सब स्थानों पर शिवलिंग की पूजा के सबूत मिले हैं। हजारों साल पुराने।

दंत कथाओं (या शायद मौखिक इतिहास?) के अनुसार शिव के सात शिष्य थे जिन्हे प्रारंभिक सप्तऋषि माना गया है। शिव ने इन शिष्यों को लगभग चालीस हजार वर्ष पूर्व तैयार किया था।
भारत का यह शानदार इतिहास पिछले कुछ सौ सालों में ही मिटा दिया गया था।
भारत के स्कूली इतिहास में मुगलों का बोलबाला था।

अब अगर मैं प्रभा के जीवन की भीख भी मांगता तो किस से मांगता?
कौन उसका बही खाता लेकर बैठा था?
कौन मेरा बही खाता लेकर बैठा है?
क्या ब्रह्माण्ड का कोई रचयिता है?
अवश्य होना चाहिए।
क्या वो सब का बही खाता लेकर बैठा होगा?
क्यों बैठा होगा?
क्या उसने इतना बड़ा ब्रह्माण्ड इसलिए बनाया की बही लिखे और पाप पुण्य का खेल खेलता रहे? कदापि नहीं।

हम एक छोटी सी आकाश गंगा के छोटे से सौर मंडल के छोटे से ग्रह पर थोड़े से समय के लिए आए हैं। क्या ये हम इंसानों का घमंड नहीं है की हम ऐसा मानते हैं कि ब्रह्माण्ड की रचना करने वाला हमारे पाप पुण्य का हिसाब रखता है?
क्या हम इतने गिरे हुए हैं कि हम इस शक्ति को खुशामद पसंद मानते हैं?
क्या हम उसकी दिन रात पूजा करें तो वो खुश होकर हमारी किस्मत बदल देगा?
क्या हम उसकी खुशामद ना करें तो वो एक मूर्ख इंसान की भांति क्रोधित हो जाएगा?

अगर ऐसा होता तो हजारों बच्चे इस संसार में बिना किसी कसूर के भूखे न मरते। लाखों व्यक्ति बिना कसूर सड़क पर चलते हुए किसी साइन बोर्ड या वाहन के नीचे आकर नहीं मरते। हजारों आदमी सत्तर अस्सी साल तक की उम्र तक लोगों की हत्या कर के आलीशान जिंदगी ना जीते।

प्रभा का क्या कसूर था? उसे क्या भगवान की खुशामद ना करने की सजा मिल रही थी? क्या वो इसलिए तकलीफ मैं थी कि उसने कभी किसी प्राणी को नहीं सताया था? क्या वो इसलिए इस महामारी की चपेट में आई थी कि सृष्टि का निर्माता चाहता था कि समाज का भला चाहने वाला व्यक्ति दुख भुगते?

क्या इस वायरस से गंभीर रूप से पीड़ित सभी व्यक्ति घोर पापी थे?

कदाचित नहीं।

सृष्टि निर्माता इतना क्रूर नहीं था।

उसके पास तो ऐसी कोई व्यवस्था भी नही थी की एक क्षणभंगुर तुच्छ प्रजाति, जिसे इंसान कहा जाता है, उसके एक एक कर्म का हिसाब रखे और वो भी कई जन्मों तक। ऐसा सोच कर भी इंसान सृष्टि के रचयिता का घोर अपमान कर रहा था। रचयिता के पास इतना बेकार समय नहीं होगा। इंसानी प्रजाति रचयिता को बहुत छोटा समझ रही थी।

असल में हम एक ही जीवन में सब कुछ समझ लेना चाहते हैं। हमारा मस्तिष्क इसी प्रकार का है। उसे किसी न किसी निर्णय पर पहुंचना ही होता है।

पृथ्वी पर तो "स्वस्थतम की उत्तरजीविता" का सिद्धांत लागू था।

हम सब एक दूसरी प्रजाति को खाकर ही आगे बढ़े थे और आगे बढ़ रहे हैं।

हम अपने जीवन में कितने ही प्राणियों को मार कर खा जाते हैं। फिर भी जब अपनी बारी आती है तो ईश्वर के सामने भोले बन जाते हैं और हाथ जोड़ कर खड़े हो जाते हैं। बौद्ध, जैन, हिंदू धर्म आदि विचारों में अहिंसा के जो संदेश हैं वो कितने लोग मानते हैं? यहां यह बहस का मुद्दा नहीं है की किस धर्म की क्या विचारधारा है।

कहने का अभिप्राय यह है कि मानव जाति का विकास अभी आरंभिक काल में है। भगवान को जल्दबाजी में समझने की चेष्टा करना उचित नहीं है।

एक हवाई जहाज के गिरने से यदि उसमे सवार 350 लोग मृत हो जाते हैं। बूढ़े, जवान, बच्चे, महिलाएं। क्या वो सब व्यक्ति पापी थे? भगवान ने उनके पाप की सजा दी थी? एक साथ? कदापि नहीं।

बात जो सच के अधिक करीब यह है कि लाखों संभावित उल्का पिंड में से कोई भी किसी भी समय पृथ्वी से टकरा सकता है। सब तबाह हो सकता है। ऐसा साढ़े छह करोड़ साल पहले हो चुका था। डायनोसोर के साथ संसार के 90% प्रजातियां इसमें समाप्त हो गई थीं। जो प्रजातियां बाद में बनी वो काफी अलग किस्म की थीं।

किसी भी दिन सूर्य से इतनी ऊर्जा निकल सकती थी कि पृथ्वी के वातावरण की सुरक्षा परत को संपूर्ण नष्ट कर दे। आठ हजार प्रकाश वर्ष के रेडियस में हुआ एक भी गामा बर्स्ट सारी पृथ्वी के जीवन को क्षणों में नष्ट कर सकता है। कोई भी एस्टेरॉयड किसी भी साल पृथ्वी के वातावरण में प्रवेश कर तबाही मचा सकता है। सब नष्ट हो सकता है।

किसी भी दिन।

तब कोई पाप पुण्य का हिसाब नहीं होगा। कोई बही खाता नहीं देखा जायेगा।

तारों में सजके...
अपने सूरज से...
देखो धरती चली मिलने..

खनकी पायल....
मच गई हलचल...
अंबर सारा लगा हिलने।

आग सी लपके..
जलती हुई राहें...
जी को दहलाएं...
बैचेन तूफा की राहें।

ना डरेगी..
ना रुकेगी...
देखें क्या हो?
कहा दिल ने।

28. जप तप। पूजा पाठ। ज्योतिष।

1 जून, ,2021, तबियत में बिना बदलाव के निकल गया।

हस्पताल में अंदर जाने की किसी को भी अनुमति नहीं थी।

इससे पहले वाले हस्पताल में 24 घंटे मैं प्रभा के पास रह सकता था, कभी भी डॉक्टर के पास जाकर मिला सकता था।

परंतु इस बड़े हस्पताल में ऐसा संभव नहीं था।

केवल सुबह दस से ग्यारह बजे के मध्य मेरे फोन पर डॉक्टर का फोन आता था और वो पांच मिनिट में हालात का ब्योरा दे देते थे।

2 जून, 2021, बुधवार।

सुबह फोन आया कि प्रभा की ऑक्सीजन का स्तर 85 से नीचे जा सकता है। ऐसा होता है तो मानक प्रक्रिया के अनुसार प्रभा को वेंटीलेटर पर ले जाना पड़ेगा।

"आपकी स्वीकृति चाहिए।" डॉक्टर ने कहा।

मेरा चेहरा सफेद हो गया था।

मैने डॉक्टर से पूछा, "क्या मेरे पास और कोई विकल्प है?"

"नहीं।" डॉक्टर ने कहा।

"ठीक है डॉक्टर। आप मरीज़ की बेहतरी के लिए जो कर सकते हैं वो सब कीजिए।" मेरी आवाज़ लड़खड़ा रही थी।

अब मैं तेजी से टूटने लगा।

प्रभा की जिंदगी रेत की तरह मेरी मुट्ठी से फिसलती जा रही थी।

मैं इसे जितना ध्यान से संभालने की कोशिश कर रहा था वो उतनी तेज़ी से मेरी मुट्ठी से बाहर निकल रही थी।

मैं रो पड़ा।

प्रभा को खो देने का ख्याल मेरे लिए मरने जैसा था। मेरी जिंदगी में प्रभा के बिना कोई प्राण नही थे। मेरे जीवन की सारी खुशियां प्रभा के साथ ही थी।

अब तक मां ने कई ज्योतिषियों से संपर्क कर लिया था।
हमारे परिवार के ही संस्कृत के आचार्य थे जिनका गांव में एक ज्योतिषियों का मित्र समूह था।
उन्होंने बताया की 9 जून, 2021, बुधवार, अत्यंत भारी है प्रभा पर।
मारक योग है।

मुझे कई बार मां ज्योतिषियों के पास लेकर गई थी। वो अत्यंत धार्मिक थी और इसपर पूरा विश्वास करती थी। मेरे पास विश्वास करने के लिए आंकड़े काफी कम थे। मेरा जितने भी दस बारह ज्योतिषियों से वास्ता पड़ा था जीवन में, किसी से कुछ भी ठोस निकल कर नहीं आया था। हां, बड़े बड़े ज्योतिषियों के किस्से खूब सुने थे।

मैं यह मानता था कि हम सब उसी पंचतत्व से बने हैं जिससे हमारे सौर्यामंडल के ग्रह बने हैं। कॉस्मोलॉजी में भी 9 ग्रह हैं और ज्योतिष शास्त्र में भी 9 ग्रह हैं। तो यह ग्रह, क्योंकि एक ही तरह के पदार्थ से बने हैं जो हमारे शरीर में भी विद्यमान है, इसलिए हम पर इनका थोड़ा बहुत प्रभाव पड़ सकता है। परंतु मैं यह नहीं मानता था कि ग्रह शांति जैसी वस्तुओं से इन ग्रहों को या भगवान को हम पर दया करने के लिए और जान बक्श देने के लिए मनाया जा सकता है।

ग्रह और रचयिता बहुत बड़ी चीज़ है। हमें तो अभी पृथ्वी पर आए भी जुम्मा जुम्मा चार दिन हुए हैं और हमें लगता है कि सृष्टिकर्ता के लिए हम से महत्वपूर्ण कोई प्राणी नहीं है। उसका एक बड़ा समय हमें नियंत्रित या संयोजित करने में ही जाता है।

इंसान को कितना घमंड था अपने होने पर।

पर यह विशेष स्थिति थी।
मेरी मान्यताएं महत्व नहीं रखती थी।
प्रभा के जीवन की रक्षा के लिए यदि मुझे हिमालय की चोटी पर चढ़ने के लिए कहा जाता तो मैं भाग कर चढ़ाई शुरू कर देता।

मैने अपनी सभी मान्यताएं उतार कर एक तरफ रख दीं।

हमारे पारिवारिक सदस्य शास्त्रीजी और उनकी टीम ने दिन के हिसाब से क्या खाना है, क्या दान करना है, कौन से रंग के कपड़े पहनने हैं, बताना शुरू कर दिया।

मैं, मां और बच्चे अक्षरश उसका पालन करने लग गए।

सोमवार को सफेद, मंगल को लाल, बुद्ध को हरा, गुरुवार को पीला।

प्रभा के स्वास्थ्य के लिए हम वो सब कुछ कर सकते थे जो हमें कहा जाता। डॉक्टर के पास वायरस को मारने की कोई सीधी दवा नहीं थी। हमें दुनिया का प्रत्येक वो प्रयास करना था जो हमारे सामने उपलब्ध होता।

हम वायरस के रहमो करम पर थे।

मैने 2 जून को ही अपने पुराने मित्र मनीष को फोन किया। उसने दिल्ली विश्व विद्यालय से कुछ साल पहले ज्योतिषाचार्य की डिग्री ली थी।

मुझे पता था की कोई भी ज्योतिषी बुरी बात सीधे नही बताता है। वो उसे घुमा कर बताते हैं।

मैने उससे सीधे पूछा,

"मनीष तू मेरा पुराना मित्र है?"

"हां भाई।"

"प्रभा तेरी भाभी है।"

"हां भाई।"

"अगर तू दिल से ऐसा मानता है तो मुझे गणना करके सही सही बता प्रभा की कुंडली इस समय क्या कहती है। मुझे स्पष्ट उत्तर चाहिए ताकि कोई उपाय करना हो तो मैं आरंभ कर सकूं।"

"मुझे कुछ घंटे का समय दे भाई मैं अपने गुरुजी के साथ बात करके बताता हूं।"

मनीष ने कुछ घंटे बाद फोन किया,

"भाई परिस्थितियां तो खराब हैं। मैने गुरुजी से पूरा विचार विमर्श किया है। मारक योग बने हुए हैं। 9 जून से 11 जून का समय बड़ा कठिन निकलेगा।"

"उपाय क्या है?"

"कुछ नहीं।"

मेरी शरीर का खून जमने लगा।
थोड़ी देर की चुप्पी के बाद मनीष बोला,
"भाई अगर परिवार के लोग महामृत्युंजय के मंत्र का जाप करें तो शायद...शायद भगवान प्रसन्न हो सकते हैं।"

ऐसा ही उपाय हमारे पारिवारिक सदस्य शास्त्री जी ने भी बताया था।
वो स्वयं भी अपनी टीम के साथ गांव में निरंतर जाप कर रहे थे।
उन्होंने भी बुधवार को प्रभा पर भारी बताया था।

महादेव मेरे प्रिय थे।
परंतु प्रिय बाहरी उन्नत जीव। आदि पुरुष।
मैं कुछ भी करने के लिए तैयार था।
चाहे मेरा तर्क और विश्वास कुछ भी हों।
प्रभा का जीवन जो दाव पर था।
मैं हर मुमकिन प्रयास कर सकता था।

मैने अपनी बेटियों और मां के साथ उसी समय महामृत्युंजय के जाप शुरू कर दिए।
तब तक मेरी मौसी भी गांव से सहायता के लिए घर आ गई थीं।
सुबह 8.30 बजे से शाम 5.30 बजे तक हम सब नीचे दरी पर बैठ कर लगातार मंत्र का जाप कर रहे थे। मेरा दिल रोता रहता। आंखों से आंसू निरंतर बहते रहते।

महामृत्युंजय मंत्र इस प्रकार था:

ॐ त्र्यम्बकं यजामहे सुगन्धिं पुष्टिवर्धनम्। उर्वारुकमिव बन्धनान्मृत्योर्मुक्षीय माऽमृतात्।।

मैं फोन को सामने रख देता था। डॉक्टर का सुबह फोन आता तो सबकी धड़कने बढ़ जाती।

इस दौरान किसी का बताया हुआ वास्तु शास्त्र का उपाय भी कर रहे थे।

रसोई गैस पर गाढ़े भूरे रंग के कपड़े के टुकड़े पर एक चम्मच चाय की पत्ती रखकर राख करनी होती थी। दिन में तीन बार।

दिन के अनुसार उस रंग के कपड़े पहनना और उसी रंग का भोजन करना भी चल रहा था।

गाय को रोटी और मंदिर में दान भी चल रहा था।

एक नारियल प्रतिदिन सात बादाम के साथ मंदिर में शिवलिंग पर भी मैं चढ़ा कर आ रहा था।

प्रभा के वजन के बराबर सात अनाजों का दान पंडितजी को किया जा चुका था।

और भी कई उपाय बीच बीच में जारी थे।

मैने अपनी सभी मान्यताएं उठाकर ताक पर रख दी थीं। मुझे अब सब पर विश्वास करना था। भरपूर करना था। इसके सिवा मेरे पास कोई और चारा ना था।

प्रभा की जिंदगी दाव पर थी।

मेरे पत्ते खराब थे।

पर यह बाज़ी मैं हार नही सकता था।

इस बाज़ी का हारना मतलब पूरी ज़िंदगी का हारना था।

मैं सब कुछ करूंगा।

पूरे मन से करूंगा।

बच्चे पूरे मन से घंटो महामृत्युंजय का पाठ दिल लगा कर कर रहे थे। उन्हे अपनी मां वापिस चाहिए थी।

मेरी मां आंखों में आसूं लिए पूरा दिन पाठ कर रही थी। उन्हे अपनी बेटी जैसी बहु वापिस चाहिए थी।

और मुझे अपनी जिंदगी वापिस चाहिए थी।

सब कुछ पृथ्वी के डॉक्टर और पृथ्वी के बाहर के डॉक्टरों पर निर्भर था अब। मैं दोनो तरह के डॉक्टरों से दिन रात प्रार्थना कर रहा था। प्रभा के जीवन की भीख मांग रहा था।

"माँगा जो मेरा है
जाता क्या तेरा है
मैने कौन सी
तुझसे जन्नत माँग ली...

कैसा खुदा है तू
बस नाम का है तू
रब्बा जो तेरी इतनी सी भी न चली।"

29. काली घटा।

"तुम बिन जाऊँ कहाँ..
कि दुनिया में आ के..
कुछ न फिर चाहा कभी..
तुमको चाह के।"

प्रभा वेंटीलेटर पर थी।
हम सब ही वेंटीलेटर पर थे जैसे।

घर के बाहर से एक से एक बुरी खबरें सुनने में आ रही थीं।
अब एक महीना हो चुका था प्रभा को बीमार हुए।
हम सब के स्नायु तंत्र सिर्फ प्रभा के लिए ही काम कर रहे थे।

वो पूरे घर की लाडली थी।
चार भाइयों की एक बहन थी।
आस पड़ोस में उसकी अत्यंत लोकप्रियता थी।
सबसे प्यार से बात करती।
सबका खयाल रखती। जो एक बार उससे मिल लेता वो उसके दिल में जिंदगी भर जगह बना लेती। सब चाहते थे वो जल्दी ठीक हो जाए।

5 जून को फिर अच्छी खबर आई जिसका हमें इंतजार था।
प्रभा का वेंटीलेटर हटा दिया गया।
सब प्रसन्न थे। मुझे थोड़ी सी राहत मिली।
पर अभी बहुत काम बाकी था।
तंत्र, मंत्र, अनुष्ठान, जप सब जारी थे।

8 जून को दोबारा शुभ समाचार आया।
सुबह हस्पताल से फोन आया,
"आप अपने पेशेंट को मोबाइल फोन देने आ सकते हो। फोन को आप रिसेप्शन पर दे दो तो हम पेशेंट तक पहुंचा देंगे।"

मैंने प्रभा का फोन, चार्जर, ईयर प्लग लिया।
बच्चों ने इतनी देर में एक सुंदर कार्ड बना दिया।
सब ने उसमे प्रभा के लिए संदेश लिख डाले।
मैं भागा और एक घंटे में ही फोन हस्पताल में जमा कर आया।
अब हम बेताबी से प्रभा के फोन आने का इंतजार करने लगे।

दोपहर को एक मैसेज आया।
प्रभा का व्हाट्सएप संदेश था।
"जीवन हस्पताल के राजेश और विकास को दो दो हजार रूपये पहुंचा दो। उनकी नाइट ड्यूटी के पैसे मुझे देने हैं।"

कमाल की बात थी।
एक महीना तकलीफ सहकर, कोरोना विभाग के आईसीयू में रहकर, प्रभा को चिंता इन दोनो हस्पताल के कर्मचारियों के बकाया पैसों की थी?
पर मैं तो प्रभा को समझता ही था।
उसके अपने उसूल थे। वो किसी को बीच में नही छोड़ सकती थी। उसे अपने से जुड़े प्रत्येक व्यक्ति की चिंता थी।

मैने तुरंत उन दोनो से फोन पर बात की और पैसे बैंक से भेज दिए।
प्रभा अपने आप में एक ही थी।
मैं किस्मत वाला था कि वो मेरी पत्नी थी।

शाम को फिर प्रभा के फोन से एक वीडियो कॉल आई।
करीब चार पांच डॉक्टर और नर्स प्रभा के बेड के आसपास खड़े थे।
उनमें से एक डॉक्टर बोला,
"आपके मरीज़ काफी बेहतर हैं अब। हम सब लोग आपके घर आयेंगे पार्टी पर।"
मां, बच्चे और मैं उन्हें देख रहे थे।

अब प्रभा बोली,
"मैं अपने पैरों पर चलकर आऊंगी। सब मिलकर पार्टी करेंगे। घूमने चलेंगे।"

हम सब खुशी के मारे चिल्लाने लगे।
प्रभा को लगा हम उसकी बात सुन नही पाए।
वो दोबारा पूरा दम लगाकर बोली,

"मैने जो कहा वो सुना ना? मैं अपने पैरों पर चलकर आऊंगी। सब मिलकर पार्टी करेंगे।"

मेरी खुशी के मारे आवाज बंद हो गई थी।
पूरे प्रयास के बाद मैने उसकी बात को दोहरा दिया। कॉल उधर से बंद कर दी गई।

परंतु अगले दिन 9 जून, बुधवार था।
सुबह ही फोन आया।
नर्स बोली,
"मैडम नाश्ता करने से मना कर रहीं हैं। आप बात करो।"
उधर से प्रभा की जानी पहचानी आवाज़ आई।
"आप यहां आईसीयू में भर्ती हो क्या?"
मैं चौंक गया।
"नही तो? लो स्वास्तिका से बात करो। हम सब तो घर पर ही हैं।"
स्वास्तिका ने थोड़ी सी बात की फिर मैने फोन ले लिया।

"तुम्हे ऐसा क्यों लगा?"
"यहां आईसीयू में कोई आपका नाम ले रहा था।"
"तुम्हे गलत फहमी हुई होगी। मैं घर पर हूं और ठीक हूं बिलकुल।" मैने उसे आश्वस्त किया।
"ठीक है। मैं नाश्ता कर लेती हूं।"
उधर से प्रभा की आवाज़ आई।
फोन कट गया।
मैं सोच में पड़ गया।

उसे क्या कोई भ्रम हुआ था? क्या उसे कोई सपना आया था? या फिर क्या कोई सच में मेरा हमनाम आईसीयू में आया था?

कौन जानता था।

एक बात पक्की थी। प्रभा को मेरी बहुत फिक्र थी। वो नहीं चाहती थी कि मैं भी उसकी तरह वायरस की चपेट में आ जाऊं और मां और बच्चे इस दुनिया में अकेले रह जाएं। वो सिर्फ मेरी ही नहीं थी। वो पूरे परिवार की थी।

एक घंटा भी अभी नहीं गुजरा था कि हस्पताल से मेरे फोन पर कॉल आई,

"आप तुरंत हस्पताल आ सकते हैं? सुरक्षा वस्त्र आपको बाहर से मिल जायेंगे और स्वागत कक्ष से आपको बेड नंबर बताकर अंदर आने की विशेष अनुमति मिल जाएगी।"

"जी। मैं अभी आ रहा हूं। हुआ क्या है?"

मैं अभी पूछ रहा था कि उधर से फोन कट गया।

मैं भागा। अपनी कार में बैठा। कुछ ही क्षणों में हस्पताल पहुंच गया।

सुरक्षा वस्त्र खरीदे। पहने। कोरोना बिल्डिंग के अंदर पहुंच गया। आईसीयू ढूंढने लगा।

आईसीयू में पहुंचा तो एक बेड पर प्रभा दिखी।

नजरें मिलीं।

हम दोनो की आंखों में दर्द साफ नजर आ रहा था।

मैने भाग कर उसका हाथ अपने हाथ में ले लिया।

वो रो रही थी।

मैं भी रो रहा था।

डॉक्टर मुझे उठा कर थोड़ी दूर अलग ले गए।

"इनको दोबारा वेंटीलेटर पर ले जाना पड़ेगा। ऑक्सीजन निर्धारित मात्रा से कम है।"

मैने कहा, "तो आप जो भी कर सकते हैं इनको ठीक करने के लिए, कीजिए। मेरी तरफ से पूरी सहमति है।"

"दोबारा वेंटीलेटर पर जाकर वापिस आने की संभावना बहुत कम होती है। आप अगर कुछ आखिरी बातें करना चाहते हैं इनसे तो कर लीजिए।"

मुझे लगा मेरा ह्रदय फट जाएगा।
नहीं।
ऐसा नहीं हो सकता।

मैं भाग कर प्रभा के पास गया। उसका हाथ जल्दी से अपने हाथ में लिया।
वो बोली, "देखो मुझे प्यास लग रही है और नर्स मुझे पानी नहीं दे रही है।"
मैने कातर दृष्टि से डॉक्टर को देखा।
उसने हां में गर्दन हिला दी।
नर्स ने पानी की बोतल प्रभा के मुंह पर लगा दी।
मैने पानी की बोतल को अपने हाथों में ले लिया।
प्रभा ने आठ दस घूंट अच्छे से पानी पीया।
मैं सुरक्षा कवच के अंदर रोता जा रहा था।

पानी पीकर प्रभा ने मेरा हाथ थपथपाया। मैं तो जम चुका था। उसने फिर मेरा हाथ जोर से दबाया जैसे कह रही हो, "मैं जा रही हूं। अपना ध्यान रखना। मां और बच्चों को संभालना। मैने तुम्हे बहुत प्यार किया है।"

मेरे पास कहने को कुछ नहीं था।
मुझे लग रहा था कि धरती फट जाए और मैं उसमे समा जाऊं।
मुझसे खड़ा नही रहा जा रहा था।
क्या इस सपनों से सुंदर प्रेम कहानी का यही अंत होना था?

प्रभा ने मेरी तरफ देखा। बोली,
"मैं थक गई हूं यार।"
मुझे लगा मेरी जान निकल जाएगी।

मेरे मुंह से पहले तो कोशिश करने के बाद भी कुछ नही निकला।
दोबारा कोशिश की तो बोल पाया।
"थक मत यार।"
शब्द बुरी तरह लड़खड़ा गए।

इससे अधिक कहने को कुछ नही था।
मेरी दुनिया मेरे सामने खत्म रही थी।
प्रभा के बिना जीवन की मैने कभी कल्पना भी नहीं की थी।

प्रभा मुझ से कहीं अधिक मजबूत थी।
उसने पूरे जोश से इस लड़ाई को लड़ा था।
अपने लिए। मेरे लिए। अपने परिवार के लिए।
वो फिर बोली,
"आप अब यहां से जाओ।"

उसे इस अंतिम समय में भी अपनी नहीं मेरी जान की चिंता थी। यह कोरोना वार्ड का आईसीयू था और उसे पता था कि मुझे भी वायरस पकड़ सकता है।

मैं कहीं नहीं जाना चाहता था।
मैं चाहता था की मैं भी उसी के साथ चला जाऊं।
मैं नीचे मुंह कर के बैठा रहा। आंखों से निरंतर आंसू बह रहे थे।
वो भी दूसरी तरफ मुंह कर के रो रही थी।
हम दोनो ने कभी भी नहीं सोचा था कि एक दिन ऐसा भी मोड़ आयेगा जीवन में। इतनी जल्दी।

रोते रोते प्रभा ने अपने हाथ से मेरा हाथ धीरे से हटा दिया।

मैने उसकी तरफ कातर दृष्टि से देखा।

उसने पास बैठी नर्स का हाथ अपने हाथ में ले लिया और उसे थपथपा दिया। जैसे वो कहना चाह रही थी कि मैंने अभी उम्मीद नहीं छोड़ी है।
कम से कम मेरे सामने तो वो ये ही जताना चाह रही थी।

प्रभा ने मुझे हाथ के इशारे से वहां से जाने को कहा।
मैं कहां जाता?

मैं उसके बेड के पीछे जा कर छुप गया। मैने देखा प्रभा रो रही थी।
मैं उसे इस हाल में देख नही पा रहा था।

समय बीतता जा रहा था।

हम दोनो का समय रुक चुका था।

तभी मैंने देखा कि मेरे साथ से एक बेड पर किसी शव को आईसीयू से बाहर निकाला जा रहा है।

मैं रोते रोते बाहर आ गया।

बाहर आते हुए प्रभा को देखा।

वो खिड़की की तरफ चेहरा कर रो रही थी।

कितना दर्द था इस रुदन में।

उसकी पूरी जिंदगी उसकी आंखों के सामने से निकल गई होगी।

बचपन, मां बाप, भाई बहन, पति, बच्चे।

अच्छे दिन। शायद बुरे दिन भी।

वो हम सब को कभी नहीं देख पाएगी।

वो प्यार। इकरार। हंसी मजाक। जीवन के संघर्ष। मधुर यादें। सुहाने मौसम।

सब आज के बाद खत्म।

जहां जाना है वो भी नहीं पता कैसी जगह हैं।

क्या यही जीवन है?

बस?

मैं रोते रोते हस्पताल से बाहर भाग रहा था।

भागते भागते ही मैने सुरक्षा कवच खींच कर फाड़ दिया।

नीचे उतर कर मैं खुल कर रोने लगा।

मुझे अब किसी भी चीज़ की परवाह नहीं थी।

मेरी लिए यह दुनिया यहीं खत्म हो रही थी।

मेरे पास प्रभा के बिना जीने का कोई भी कारण नही था।

मेरी सब योजनाओं में प्रभा मुख्य बिंदु थी।

अब मैं शून्य था।

मई की तपती धूप में हस्पताल के आंगन के बीचों बीच खड़ा था मैं।

ज़ोर ज़ोर से रो रहा था।

एक दो पुराने दोस्त मेरे पास आ गए थे।

पर उन्हे पता था मुझे चुप कराना बेकार है।
वो बस खड़े रहे।
भीगी आंखों से मुझे देखते रहे।

यह बुधवार का दिन था।

*तेरा ग़म तेरी खुशी...
मेरा ग़म मेरी खुशी...
तुझसे ही थी ज़िन्दगी।
हँसकर हमने था कहा..
जीवनभर का साथ है..
ये कल ही की बात है!

तेरा जाना, दिल के अरमानों का लुट जाना
कोई देखे, बन के तकदीरों का मिट जाना।"

30. उम्मीद अभी बाकी है।

उसके बाद के चार दिन चार सालों की तरह बीते।

13 मई आ गई।

पूजा पाठ, जप तप, उपाय सब चालू था।

महामृत्युंजय के मंत्र पूरे दिन बहती हुई आंखों के साथ पढ़े जा रहे थे।

मैं लगातार काम कर रहा था। कई डॉक्टरों से सलाह ले रहा था। पता किसी को भी कुछ नहीं था।

13 मई को मैं हस्पताल में ही था कि एक डॉक्टर का फोन आया। उसने बताया, "मैं डॉक्टर प्रकाश बोल रहा हूं। आईसीयू का वाइस प्रेसिडेंट हूं। आपके पेशेंट को कोरोना वार्ड से जनरल आईसीयू वार्ड में शिफ्ट कर रहे हैं। आपकी अनुमति चाहिए। आप वहां दिन में दो बार अपने पेशेंट से मिल भी सकते हैं।"

अनुमति ना देने का कोई प्रश्न ही नहीं था।

प्रभा को जनरल आईसीयू वार्ड में स्थानांतरित कर दिया गया। मेरे लिए एक एक पल भारी हो रहा था। मैं जल्द से जल्द प्रभा को देखना चाहता था।

अब मुझे दोबारा उम्मीद की किरण नजर आ रही थी। क्या पता कोई चमत्कार हो जाए।

मैने जनरल आईसीयू में जाकर प्रभा को देखा।

वो 9 तारीख से ही बेहोश थी।

वेंटीलेटर पर।

मैं सुन्न हो गया।

डॉक्टरों के मुताबिक बचने के अधिक आशा नहीं थी।

मैं अब सुबह शाम अस्पताल में ही घूमने लगा।

घर आता तो पूजा पाठ में शामिल हो जाता।

भरोसा ना डॉक्टर पर हो रहा था ना भगवान पर।

15 मई को सुबह जब मैं आईसीयू के अंदर मुख्य चिकित्सक से मिला तो उसने कुछ अच्छी खबर सुनाई,
"देखिए आज कुछ सुधार है। अब हमारे पास अगले एक हफ्ते की योजना तैयार है।"

मुझे कुछ उम्मीद की किरण नजर आई।
मैंने वेंटीलेटर पर बेहोश लेटी मौत से लड़ती प्रभा को देखा। मेरा दिल रो पड़ा।

15 मई को मैं देर रात 11 बजे घर आया।
रात को ठीक 12 बजे फिर हस्पताल से फोन आया।
मेरे होश उड़ गए।
16 मई, 2021 शुरू हो गई थी।
एक और बुधवार शुरू हो चुका था।
इतनी रात हस्पताल से फोन आने का मतलब किसी बुरी खबर का आना था।
उधर से किसी डॉक्टर की आवाज आई।
"इनके फेफड़ों में एयर पैचेज बन गए हैं। एक छोटी सी सर्जरी करके पाइप डालना पड़ेगा। आपकी अनुमति चाहिए।"

मैं रो पड़ा। "आपको जो बेहतर लगे कीजिए डॉक्टर पर प्रभा को बचा लीजिए।"

सुबह चार बजे फिर फोन आया।
"सर्जरी हो गई है। पर अभी भी पेशेंट की ऑक्सीजन कम आ रही है।"

मैं विशेष अनुमति लेकर सुबह सुबह आईसीयू में गया। वहां मुझे बताया गया कि बचने की उम्मीद बहुत कम है।
मैं ख़ुद भी यह बात जानता था।
मैने प्रभा की तरफ देखा।
मैं पत्थर सा हो चुका था।
भावनाएं इतनी अधिक थी कि सब कुछ जम चुका था मेरे अंदर।
मैं इंसान नहीं था।

मैने निश्चय कर लिया।
अब मां और बच्चों को उस क्षण के लिए तैयार करना पड़ेगा।

31. पत्थर का दिल।

"ये जो ज़िन्दगी की किताब है..
ये किताब भी क्या किताब है..
कहीं इक हसीन सा ख़्वाब है..
कहीं जान-लेवा अज़ाब है।
कहीं खो दिया, कहीं पा लिया, कहीं रो लिया कहीं गा लिया।
कहीं छीन लेती है हर ख़ुशी, कहीं मेहरबाँ बेहिसाब है।"

हस्पताल से मैं सीधा कर में बैठा और घर की तरफ चल दिया।
कार चलाते हुए मैं ज़ोर ज़ोर से रो रहा था। मेरी समझ में कुछ नहीं आ रहा था।
आंसुओं के सैलाब के कारण दोपहर की चमकीली धूप में भी धुंधला दिख रहा था।

यंत्रचालित सा मैं घर पहुंच गया।
मां और बच्चों को बुलाया।
मुझे उनसे वो शब्द कहने थे जिन्हे कहने से पहले मैं मर जाना चाहता था।
मां और बच्चे मेरे इर्द गिर्द खड़े हो गए।
मेरे मुंह की तरफ प्रश्नवाचक दृष्टि से देख रहे थे।
मैं चाहता था मैं उनकी आंख से ओझल हो जाऊं।

पत्थर का दिल कर के जाने कैसे मैने आखिर बोलना शुरू किया।
आंखें अभी भी पूरी भरी हुई थीं।

"मां। प्रभा के बचने की अब संभावना नहीं है।"

मां तो मां ही थी। जितनी वो मेरी मां थी उससे ज्यादा प्रभा की मां थी। प्रभा अपना घर छोड़कर 21 साल से उनकी बेटी की तरह देखभाल कर रही थी। प्रभा में मां की जान बसती थी। वो अंदर से टूटी हुईं थीं। उन्होंने अपनी जिंदगी में इससे भी बड़े दुख झेले थे। परंतु यह सदमा भी उनके लिए अत्यधिक भारी था। लेकिन मां तो वो चट्टान थी जो सब कुछ अपने ऊपर सह जाती थी और औरों को मजबूत बनने की प्रेरणा देती थी। भरे गले और बहती आंखों से मां बोली,

"कोई बात नहीं। जो भगवान को मंजूर।"

बड़ी बेटी सोलह साल की थी परंतु प्रभा की बेटी थी।
अंदर तूफान छुपाए बिलकुल चुप खड़ी थी।

परंतु छोटी बेटी तो अभी सिर 12 साल की थी।
उसकी बड़ी बड़ी आंखें आंसुओं से लाल हो गईं।
"आप मजाक कर रहे हो ना पापा?"

मैं कहना चाहता था कि हां बेटे मैं मजाक कर रहा हूं।
मैं उन तीनो का सामना नहीं करना चाहता था।
मेरे मुंह से कोई शब्द नहीं निकला।
वो मुझे भरी हुई आंखों से लगातार देख रही थी।
मैं उसका आदर्श पापा था। मैं उनसे उनकी मां को छीन रहा था। क्या यह दिन देखने के लिए मैं जिंदा था।

बड़ी बेटी उठी और महामृत्युंजय का पाठ करने के लिए चौकी पर बैठ गई। बोली,
"मुझे भगवान पर पूरा विश्वास है। वो मेरी मम्मी को जाने नही देंगे।"

मैं जानता था ऐसा कोई सिस्टम नही है। परंतु उसे रोकने का कोई कारण नहीं था।

मुझे घर पर और रुकना चाहिए था पर वहां प्रभा अकेली थी और कभी भी मुझे अकेला छोड़ के सदा के लिए वहां जा सकती थी जहां से कोई वापिस नही आता।

मैं कार लेकर फिर हस्पताल की तरफ भागा।
आंसुओं की बाढ़ ने फिर मेरी आंखों के सामने एक दीवार सी बना दी।

हस्पताल जाकर मैं सीधा ऊपर आईसीयू के इंचार्ज डॉक्टर प्रकाश के पास गया। बोला,

"डॉक्टर मैं तैयार हूं। मैं नीचे बैठा हूं जब तक आप मुझे कोई खबर नहीं सुनाते।"

डॉक्टर ने मेरी तरफ देखा। वो समझ गया मैं अपने आपे में नहीं हूं। बोला, "ठीक है। आप नीचे बैठिए।"

मैने प्रभा के बेड के पास गया। वो वेंटीलेटर पर बेहोश थी।

परंतु सदा की तरह कमल के फूल सा चेहरा।

चेहरे पर एकदम शांति थी।

जैसे वो मुझसे कह रही हो, "मैने बहुत कोशिश की यार। पर अब मैं थक चुकी हूं।"

मैने पथराई नजर से उसे देखा। बोला, "प्रभा मैं जानता हूं तुमने मेरे लिए पूरी कोशिश की। मुझे माफ कर देना। मैं अपना वायदा पूरा नहीं कर पाया। तुम अब आराम से दूसरी दुनिया में जाओ। अब मैं तुमसे वहीं मिलूंगा।"

मैने उसका माथा सहलाया। उसके पैरों को अंतिम बार हाथ लगाया।

वो मेरी पत्नी ही नहीं थी, मेरी गुरु भी थी।

उसने मुझे जीना सिखाया था। खुश रहना सिखाया था।

मैं अपना सब कुछ हार कर नीचे प्रतीक्षालय की तरफ धीरे धीरे जा रहा था।

मैं कभी भी नीचे गिर सकता था। मेरे पास अब कुछ नहीं बचा था।

"कयामत से कम यार ये गम नहीं...

के तू और मैं....

रह गए हम नहीं।

मेरा यार मुझसे जुदा हो गया।।"

दोपहर 1 बजे से मैं प्रतीक्षालय में बैठा था।

और प्रतीक्षा कर रहा था।

अपनी जिंदगी के खत्म होने की।

मुझे आश्चर्य था कि मैं जिंदा कैसे हूं अब तक।

शाम के छह बजे राघव मुझे ढूंढता हुआ वहां आ गया। उसको देखते ही मैं समझ गया कि मेरी जिंदगी 360 डिग्री का चक्कर लगा कर आज समाप्त हो रही है।

प्रभा को मैं 22 साल पहले राघव के माध्यम से ही मिला था।

अब हस्पताल में भी हम तीन दोबारा एकत्रित हो गए थे पूरे 22 साल बाद। मैं, प्रभा और राघव।

राघव बोला, "मेरी डॉक्टर से बात करवा दो। मुझे प्रभा को अपने फेफड़े दान करने हैं। उसे बचा लो किसी तरह।"

मुझे लगा मेरा दिल छाती से बाहर आ जायेगा।

भरे गले से मैने उसे कहा, "राघव ऐसा तकनीकी रूप से संभव नहीं है। मैं इस विषय में पहले से बात कर चुका हूं हस्पताल में।"

राघव बोला, "नहीं। एक बार मेरे सामने दोबारा डॉक्टर से बात करो।"

मैने फोन मिलाया। डॉक्टर से दोबारा पूछा। जवाब तो ना में ही मिलना था। राघव निराश हो कर बैठ गया।

अब हम दोनो साथ साथ बैठ गए।

सामने एक बड़ी सी घड़ी लगी हुई थी। रात के आठ बज गए। ऊपर से कोई खबर नहीं आई।

मेरे दिल में पता नहीं क्यूं यह विचार आया की अभी सिर्फ चार घंटे ही तो बचे हैं बुधवार का दिन समाप्त होने में। अगर ये चार घंटे किसी तरह बिना समाचार आए निकल जाएं तो कल से स्थिति बदल सकती है। हर हफ्ते ऐसा ही तो हो रहा था।

परंतु मैं यह भी जानता था कि अब बहुत देर हो चुकी है।

ठीक 8.15 पर उपर से फोन आ गया।

मैं समझ गया अनहोनी हो चुकी है।

मैं ऊपर भागा। राघव पीछे पीछे भागा।

ऊपर एक डॉक्टर ने कहा, "हम इनको सीपीआर दे रहे हैं। आप बाहर रुकिए।"

मुझे पता था की सीपीआर हार्ट अटैक आने पर दिया जाता है। मैं पत्थर तो पहले ही हो चुका था।

पांच मिनिट बाद ही वही डॉक्टर आईसीयू से बाहर निकला और बोला, "हम उन्हे बचा नहीं सके।"

मुझे नहीं पता मैं कैसे अंदर पहुंचा।
अंदर प्रभा अपने बेड पर थी।
ईसीजी मशीन पर ब्लैंक लाइन चल रही थी।
वेंटीलेटर मशीन की सारी रीडिंग शून्य दिखा रही थीं।

मैने प्रभा के चेहरे को अपनें हाथ में लिया। उसका चेहरा शांत था।
यह वही चेहरा था जिसके लिए मैने जन्म लिया था। यह वही चेहरा था जो मेरे लिए मेरा पूरा संसार था।

कुछ ही हफ्तों पहले तो मैंने उससे कहा था,"अब मुझे जिंदगी से और कुछ नही चाहिए। मेरी जिंदगी की सब इच्छाएं पूरी हो गई हैं।"

मेरे दिल मैं एक जोर का तूफान चल रहा था। अब इस चेहरे को मैं कभी नहीं देख पाऊंगा।
नहीं। ये कोई सपना है। यह सच नहीं है।
मुझे लगा किसी ने मुझे पहाड़ के ऊपर से उठाकर नीचे एक सख्त चट्टान पर पटक कर मारा है। मेरा शरीर टुकड़े टुकड़े हो गया है। मेरी आत्मा मर गई है।

मैने कमरे की खिड़की की तरफ देखा।
वो पूरी शीशे की थी।
मेरा दिल किया कि मैं भाग कर उस खिड़की को तोड़कर नीचे कूद जाऊं। सब कुछ खत्म हो जाएगा। मैने एक कदम खिड़की की ओर बढ़ाया।
तभी मां और बच्चों का खयाल आ गया। उनके चेहरे मेरी आंखों के सामने से गुजर गए।
मेरे और प्रभा के जाने के बाद उनका क्या होगा? मैं रुक गया।
मुझे सब कुछ सहना ही होगा।
चाहे मेरा शरीर और मेरी आत्मा छलनी छलनी हो जाएं, मुझे घुटने नहीं टेकने हैं। जब तक हो सकेगा मैं इस दुख का सामना करूंगा।

अब मैं प्रभा के सामने खड़ा था। चुपचाप।

मेरे सामने उसके साथ बिताए गए एक एक पल की छवियां आंखों के सामने से गुजर रही थीं। कितनी कठिनाइयों से गुजरी थी वो। क्या गजब की लड़ाई लड़ी थी उसने। अपने लिए, मेरे लिए, परिवार के लिए। उन सब लोगों के लिए जिन्हे अगर वह ठीक हो जाती तो अपना और प्यार बांटती, उनके दुख सुख सुनती, उनकी मदद करती।

मैने दोनो हाथों से धीरे धीरे ताली बजानी शुरू कर दी।

प्रभा को संबोधित था मैं।

मुझे यकीन था मुझ से मिले बिना अभी वो कमरे से बाहर नहीं गई होगी। वो मुझे अभी भी देख रही होगी।

नर्स और बाकी स्टाफ मेरे पास आ गए। उन्हे लगा कहीं मैं अपना मानसिक संतुलन तो नहीं खो रहा हूं।

परंतु मैं तो अपनी प्रभा से बात कर रहा था।

"तुमने बहुत अच्छी लड़ाई लड़ी प्रभा। मुझे तुम्हारा पति होने पर गर्व है। मैं जानता था तुम मेरे लिए अंतिम क्षणों तक लड़ कर जीतना चाहती थी। पर कमबख्त दुश्मन बहुत मजबूत था। उसने तुम्हे जीतने नही दिया। तुम जहां भी जाओ खुश रहो। मेरी चिंता मत करना। मैं किसी तरह यहां का काम निपटा कर तुमसे जल्द मिलूंगा। फिर ढेर सारी बातें करेंगे।"

अब मैं नर्स और स्टाफ की तरफ मुड़ा और उनसे कहा, "आप ये मत समझिए मैं पागल हो गया हूं। आप सभी लोगों का शुक्रिया जो आपने मेरी पत्नी का इलाज किया।"

अब मैं मुख्य नर्स के काउंटर पर गया और बोला,

"बताइए क्या प्रक्रिया है? मेरी पत्नी मुझे कैसे मिलेगी।"

उसने मुझे गहरी नजर से देखा। फिर वो पूरी प्रक्रिया बताने लगी।

राघव अभी तक समझ ही नही पा रहा था कि ये क्या हो गया है।

वो बार बार सिर्फ एकं ही बात कह रहा था, "नहीं, ऐसा नहीं हो सकता।"

32. कयामत के दिन।

"एक आह भरी होगी..
हमने ना सुनी होगी!
जाते-जाते तुमने..
आवाज़ तो दी होगी!"

अब मैं उसकी आवाज़ इस जीवन में कभी नहीं सुन पाऊंगा।
उसकी प्यारी सी मुस्कान कभी नहीं देख पाऊंगा।
उसकी हथेली अपने हाथ में कभी नहीं पकड़ पाऊंगा।

अभी मैं उस अवस्था में था जब घाव बिलकुल ताज़ा होता है और अभी उतना दर्द नहीं हो रहा होता है।
जब कुछ समय बीतेगा तो दर्द बढ़ता जायेगा।
फिर असहनीय दर्द होगा।

मैं घर आया।
खाली हाथ।
अपनी जिंदगी गंवा कर।
हम चारों ने वो रात कैसे गुजारी आज भी सोच कर रूह कांप जाती है।
हम प्रभा के बिना क्या करेंगे?
हम सब की रीढ़ थी वो।

सुबह हस्पताल गया।
मैं पार्थिव शरीर नहीं लिख पा रहा हूं।
प्रभा को लेने।

प्रभा प्लास्टिक के बैग में थी।
शांत, सुंदर।
मेरी आत्मा मर चुकी थी। शरीर चल रहा था।
मैने मॉर्चरी सहायक को एक नोट दिया। कहा,
"मैं स्वयं इन्हे उठाकर एंबुलेंस में रखूंगा। बहुत धीरे से रखना है।"

एंबुलेंस में अपनी प्रभा को लेकर मैं शव दाह गृह की ओर चल पड़ा।
प्रभा के साथ बैठकर।
बाहर सुबह के समय भी घने काले बादल थे।
एंबुलेंस के चलते ही तेज़ बरसात आरंभ हो गई।

मुझे उसके अंतिम शब्द याद आ रहे थे।
"मैं अपने पैरों पर चलकर आऊंगी। सब मिलकर पार्टी करेंगे। घूमने चलेंगे।"
मैने एंबुलेंस में अपने पास लेटी हुई सफेद चादर में लिपटी प्रभा से कहा,
"देखो क्या हो गया। यह हम दोनो की यात्रा कहां आ गई। देखो आज मैं तुम्हे घुमाने कहां लेकर जा रहा हूं।"
मैं लगातार रो रहा था।
9 जून से आज 17 जून तक। लगातार।

शवदाह गृह पर बच्चों को निशी लेकर आई हुई थी।
बारिश अभी अभी रुक गई थी।
पर सब कुछ तो गीला था।
बाहर।
अंदर।

एंबुलेंस खुली तो इसमें बच्चों को सिर्फ मैं और प्रभा नजर आए। प्रभा सफेद चादर में लिपटी हुई।
उनकी किस्मत में यह भी लिखा था।
बुरी हालत में रोता हुआ पिता।
सफेद चादर में लिपटी हुई उनकी मां।

उन्होंने बिना मां का चेहरा देखे रोते रोते उसके पांव को छुआ और वहां से रोते हुए भाग गए।
वो अपनी मां को ऐसी हालत में नही देखना चाहते थे।

इतना लाचार और बेबस मैने अपने आपको पहले कभी भी महसूस नहीं किया था।
मैं सब कुछ हार चुका था।
सिर्फ मेरी सांस चल रही थी।
उसपर भी मुझे आश्चर्य हो रहा था कि मेरी सांसें अब तक कैसे चल रही हैं।

हिंदू धर्म के अंतिम संस्कार।
आसूं निरंतर और निर्बाध बह रहे थे।
मुझे कोई भी चुप नहीं करा रहा था।
सबकी शायद पता ही था कि मेरा और प्रभा का प्रेम कितना गहरा है। था।
सब जानते थे मुझे दिलासा देना बिलकुल व्यर्थ होगा।

मुझे अपनी प्रेमिका को अब अग्नि देनी थी।
अपने हाथो से।
मैने उसकी सिंदूर से अंतिम बार मांग भरी।
एकदम शांत। गुलाबी चेहरा।
मैने कांपते हाथों से मांग भरी।
अंतिम बार।
सुंदर चेहरा।
जिसके लिए मैं कल तक जीता था। मरता था।

अब मुझे उसके मुंह में मिश्री रखनी थी।
वही धवल श्वेत दंत पंक्ति।
22 साल पहले की प्रभा मेरे आंखों के सामने थी।
सब कुछ वही।
बिलकुल वैसी ही जैसे पहली मुलाकात के समय थी।
मैं अब भी चकित था कि मेरी सांसे कैसे चल रही हैं।
मैने अपने आपको अपने हाथों से टटोला।

इतना गहरा दुख। फिर भी मैं जिंदा हूं?

प्रभा, जिस को मैं अपने हाथों पर रखता था। जिसका हाथ कभी मैने ज़ोर से भी नहीं पकड़ा था। जिसके थोड़े से भी अस्वस्थ होने पर मैं भागा भागा डॉक्टर के पास जाता था। आज मैं उसकी चिता को अग्नि दे रहा था।
इतना ही नहीं अभी तो मुझे हिंदू धर्म के अनुसार उसकी कपाल क्रिया भी करनी थी।

मैं लगातार सोच रहा था कि मैं जिंदा क्यों हूं?

"ताराशीदम, परस्तीदम, शिकस्तम।"
(मैने तराशा, मैने पूजा, मैने तोड़ दिया)

मैं यह भी सोच रहा था कि अगर उसकी जगह चिता पर आज मैं लेटा होता तो उसका क्या हाल होता। वह तो मुझे मुझसे भी ज्यादा प्रेम करती थी।

उसने मरने से पहले क्या सोचा होगा?

क्या क्या नहीं सोचा होगा।
वो जीना चाहती थी।
मेरे साथ।
अपने बच्चों के साथ।
हम सब के साथ।

मुझे बार बार वो लम्हा याद आ रहा था जब नौ जून को मैं अंतिम बार उससे आईसीयू में मिला था। मैं सुरक्षा कवच पहने था। वो दोबारा वेंटीलेटर पर जाने वाली थी। उसे शायद पता था कि वो नहीं बच पाएगी। उसने मेरा हाथ अपने हाथ से धीरे से हटा दिया था। फिर उसने अपना हाथ धीरे से हिलाकर मुझे आईसीयू से चले जाने का इशारा किया था।

तब।
जब वो रो रही थी।
मैं रो रहा था।
तब।

वो जानती थी अब वो दोबारा मुझे नहीं देख पाएगी।

वो तब भी मुझे वायरस से बचाना चाहती थी।

उसने निश्चित ही हस्पताल में मेरी तरह ही सोचा होगा। अपने अच्छे दिनों के बारे में सोचा होगा।

उसने अवश्य ही यह भी सोचा होगा कि बच्चों की परवरिश वो अधूरी छोड़ कर जा रही है।

उसने मेरे बारे में सोचा होगा कि क्या मैं उसके बिना रह पाऊंगा। उसने मां के बारे में सोचा होगा की वो उन्हे अस्सी साल के उम्र में ऐसे ही छोड़कर जा रही है। उसे पता तो था ही कि हम सब उसपर कितना निर्भर करते हैं। वो अपने सारे कर्तव्य पूरा करना चाहती थी, परंतु जब यह पता हो कि अब सब कुछ ऐसे ही छोड़ना पड़ेगा, तो उसे कितना दर्द महसूस हुआ होगा।

उस दर्द को मैं ही महसूस कर सकता था।

अपने प्रेम को सदा के लिए स्वाहा कर मैं वापिस आ गया।

अब कुछ नहीं था मेरे पास।

मैं एक चलता फिरता प्रेत था।

"ये कैसी उदासी है, जो हुस्न पे छाई है
हम दूर नहीं तुम से, कहने को जुदाई है
अरमान भरे दो दिल, फिर एक जगह होंगे।"

33. जीने की राह।

अगले दिन।

18 जून, 2021.

सुबह शव दाह गृह जाना था।
अस्थियां लेने।
फिर उन्हे गढ़मुक्तेश्वर में गंगा में प्रवाहित करने।
वो गंगा जिसमे सब को एक दिन समा जाना है।
वो पतित पावनी गंगा जो अंत में सब को अपनी गोद में छुपा लेती है। सदियों से निरंतर बहती हुई।

मैं अब अपनी प्रेयसी की अस्थियां ढूंढ रहा था। राख के ढेर में।

"अब न वो प्यार ना वो प्यार की यादें बाकी..
आग वो दिल में लगी कुछ न रहा, कुछ न बचा..
जिसकी तस्वीर निगाहों में लिए बैठी हो....
मैं वो दिलदार नहीं....
उसकी हूं खामोश चिता।"

राख की पोटली लाल कपड़े में बांध कर मैं अपनी गोद में प्रभा को लेकर कार में बैठा।
कार दिल्ली की सड़कों पर दौड़नी लगी।
मैं अपनी प्रभा को अंतिम यात्रा पर ले जा रहा था।
वो मेरी गोद में बैठी थी।

दिल्ली छोड़कर कार अब उत्तर प्रदेश की जानी पहचानी सड़कों पर दौड़ रही थी।

यह वही रास्ता था जिससे मैं प्रभा को लेकर उसके गांव जाता था। बच्चों के साथ हंसता मुस्कुराता। दुकानों के अजीबो गरीब बोर्ड पढ़कर बच्चों से मजाक करता। प्रभा हंसती।

तभी मस्तिष्क को एक तीव्र झटका लगा। अब ऐसा कभी नहीं होगा।

मेरे निरंतर बहते आंसू प्रभा की पहले से ही गीली पोटली पर टपक रहे थे।

गढ़मुक्तेश्वर पहले हम कितनी बार ही आए थे। बच्चों के मुंडन कराने। घूमने। प्रभा यहां आकर बहुत खुश होती थी। नाव पर बैठकर हम दूसरे पार रेत पर जाते। वहां आराम से ऊपर से पड़ती कड़ी धूप में गंगा के ठंडे पानी में नहाते।

आज उसी गंगा में प्रभा को बहा देने के लिए मैं खड़ा था। बीच धारा में।

नांव के ऊपर।

अस्थियां मेरे हाथ में थीं।

मेरा और प्रभा का अंतिम साथ था यह।

उसके बाद वो कहां।

मेरे दिल में एक अंधड़ उठ रहा था।

बरसात के बाद गंगा उफान पर थी।

उसके पानी में गहरे भंवर बन रहे थे।

आसमान पर काले बादल थे।

जैसे दुनिया खत्म होने जा रही थी।

"जिनको दुनिया की निगाहों से छुपाए रखा..
जिनको इक उम्र कलेजे से लगाए रखा..
दीन जिनको, जिन्हे ईमान बनाए रखा..
तेरे खुशबू में बसे खत मैं जलाता कैसे..
प्यार में डूबे हुए खत मैं जलाता कैसे..
तेरे हाथों के लिखे खत मैं जलाता कैसे..
तेरे खत आज मैं गंगा में बहा आया हूं।
आग बहते हुए पानी में लगा आया हूं।"

दुनिया के मायने मेरे लिए बदल गए थे।
अब ये दुनिया वो दुनिया नहीं थी जिसे मैं जानता था।
मुझे अब लग रहा था मैं एक दूसरे ग्रह पर आ गया हूं।
हर एक रस्ता नया लग रहा था। जमीन, आसमान, पेड़, पौधे सब कुछ अनजाना लग रहा था। मैं सोच रहा था कि अब मैं प्रभा से कहां मिल पाऊंगा। अनंत आकाश में?

गढ़मुक्तेश्वर के बाहर ही एक ढाबे पर हम अपने पंडे से मुलाकात के लिए रुके। पंडे वह व्यक्ति होते हैं जो पुश्त दर पुश्त लिखित दस्तावेज रखते हैं अपने जजमानो का। जीवन मरण का दस्तावेज।

मैं गहरी पीड़ा में था।
मैं इस ढाबे के ऊपर छत पर आ गया। अब आसमान खुल चुका था।
गहरे नीले आसमान पर सफेद बादल तैर रहे थे।
सामने बारिश से धुले चमकदार हरे खेत फैले थे।
प्रभा ऐसे ही किसी गांव में पैदा हुई थी।
मुझे यह नजारा सदा पसंद था पर प्रभा के साथ।

"सिर्फ वीरानी..
सिर्फ तन्हाई..
जिंदगी हमको..
ये कहां लाई...
खो गई हमसे..
राह मंजिल की।
हम ना समझे थे, बात इतनी सी।
ख्वाब शीशे के, दुनिया पत्थर की।"

यह ढाबा खेतों में अंदर की तरफ था।
एकदम शांति।
हवा बिलकुल मंद गति से बह रही थी।
मैने देखा एक बहुत छोटी सी चिड़िया फसल की एक डाली पर फुदक रही है।
कौन है यह छोटी सी चिड़िया?

क्या मेरी चिड़िया भी यहीं कहीं है?

क्या मेरी चिड़िया की कहानी आज के बाद गुमनाम ही रह जायेगी?

आंखों से स्नेह की गंगा बह निकली एक बार फिर।

अवसाद और गहरा हो गया।

"तेरे आने की आस है दोस्त..

शाम फिर क्यों उदास है दोस्त..

महकी महकी फिजा ये कहती है..

तू कही आस पास है दोस्त।"

मुझे पता था कि समय दुख को कम कर देगा।

यह तो कुदरत ने इंसान को ऐसा ही बनाया था।

परंतु एक क्षण एक युग की तरह बीत रहा था।

कितने युग लगेंगे अभी और इस पीड़ा को कम होने में?

क्या मैं यह सह भी पाऊंगा।

नहीं।

तभी मुझे एक विचार आया।

हां।

मैं वापिस जाते ही एक योजना बनाऊंगा।

बच्चों के साथ। मां के साथ मिलकर।

प्रभा के दोनो भाइयों को साथ लेकर। उनके भतीजे, भतीजियों को साथ लेकर जो प्रभा के गांव में ही रहते हैं।

प्रभा की अच्छाई मरनी नहीं चाहिए।

उसे अपने गांव में जीवित रहना है।

प्रेरणा बन कर।

अभी प्रभा को और बहुत अच्छे काम करने हैं।

हम सब के माध्यम से।

34. तेरे नाम।

"उस को रुख़्सत तो किया था....
मुझे मालूम न था....
सारा घर ले गया घर छोड़ के जाने वाला।"

प्रभा के जाने के ठीक 13 दिन बाद।
29 जून, 2021 को।

हम आठ लोग जलती दोपहरी में प्रभा के खेतों में खड़े थे। लू चल रही थी। पर हम सब शांत थे।

मैं अपनी दोनो बेटियों के साथ था। प्रभा के दो भाई जो खेती करते थे। दो भतीजियां जो कॉलेज मैं पढ़ती थीं। और एक भतीजा, वो भी कॉलेज मैं पढ़ता था।

मैं धीरे धीरे बोल रहा था। वो सब ध्यान से सुन रहे थे।

मैने उनके सामने प्रस्ताव रखा कि हम प्रभा के नाम से गांव में एक संस्था स्थापित करते हैं। यह संस्था इसी गांव में काम करेगी। मुख्य उद्देश्य होगा बच्चों, विशेष तौर पर लड़कियों की शिक्षा और आत्मनिर्भरता। मेरे पास अगले पांच साल के लिए एक निश्चित बजट था जो हम हर साल इस्तेमाल कर सकते थे। मैं पिछले कई सालों से भारतीय अर्थव्यवस्था में निवेशित था। निजी वित्तीय योजना बनाने में मुझे अच्छी खासी महारत हासिल थी। हम सबने गहन चिंतन मनन किया। एक दूसरे से योजना को बेहतर बनाने के बारे में सवाल जवाब किए।

मैं उन्हें विचार विमर्श करते देख कर अच्छी तरह से जान गया था कि उन्होंने इस योजना को आत्मसात कर लिया है। सालों साल तक।
मेरे जीवन के बाद भी ये बच्चे इसे जारी रखेंगे।

मैने एक नजर हरे भरे खेतों पर डाली।

बचपन में प्रभा यहां आती थी।

अमरूद के पेड़ों से घिरा एक छोटा सा हिस्सा था खेत में।

एक ट्यूबवेल था।

मैं उस तरफ चल दिया।

मैं ट्यूबवेल पर झुका और मीठा पानी हथेली में भरकर पीने लगा।

मुझे लगा जैसे प्रभा मेरे पीछे खड़ी मुस्कुरा रही हो।

मैने पीछे मुड़कर देखा।

कोई नहीं था।

मैं ऊपर नीले आसमान को देख कर हंस दिया।

"नैनो से बहते अश्कों के धारों में...
हमने तुझको देखा चांद सितारों में..
बिरहा की अग्नि में पल पल तपती हैं..
अब तो सांसे तेरी माला जपती हैं..
तेरे लिए इस दुनिया का...
हर सितम है गंवारा सनम।"

संस्था की शुरुआत के दस दिन बाद ही मैं प्रभा के गांव के घर में बैठा था।

सामने थी एक नंदिनी जैसी एक नाजुक सी बच्ची। सिर्फ 18 साल की। वो पढ़ना चाहती थी। परंतु उसके परिवार की आमदनी उतनी नहीं थी कि अपने सब बच्चों को पढ़ा सकें। एक लड़का था, उसका छोटा भाई। पिता ने सिर्फ उस को ही पढ़ाना अपने जिम्मे लिया था।

इस लड़की की कॉलेज की पहले और दूसरे साल की फीस जमा नहीं हुई थी। नाम कट गया था। रिजल्ट रोक लिया गया था। हम सब चिंतित थे उसके भविष्य के लिए।

निश्चय हुआ हमारी एक सदस्य उसके साथ कॉलेज जाएगी और उस की दो साल की फीस तुरंत जमा कराएगी। फिर उसे पढ़ने या कॉलेज आने जाने में कोई भी कठिनाई आयेगी तो हमारी सदस्य उसका इंतजाम करेगी। ऐसा ही हुआ।

उस बच्ची के चेहरे पर मुस्कान वापिस लौट आई। बिलकुल प्रभा की मुस्कान से मिलती जुलती।

एक के बाद एक ऐसे बच्चे गांव में मिलते गए।

गरीबी की सबसे पहली गाज लड़कियों पर ही गिर रही थी।

और उधर लड़कियां ही थीं जो हर कीमत पर पढ़ना चाहती थी।

कई उदाहरण तो गांव में ऐसे मिल रहे थे कि आंख भर आती थीं।

एक लड़की थी जो दो साल पहले हमारे संस्था के सदस्य के साथ 12वी कक्षा में पढ़ती थी।

कुछ समय बाद वो उसे मिली। पढ़ाई के विषय में पूछा तो पता चला कि वो दो साल पहले ही पढ़ाई छोड़ चुकी है।

सदस्य को आश्चर्य हुआ।

उसने कारण पूछा तो लड़की ने बताया कि दो साल पहले जब वो सत्रह साल की थी और कॉलेज में प्रवेश लेने ही वाली थी तो पिता की अचानक मृत्यु हो गई। घर का एकमात्र कमाने वाला सदस्य अचानक चला गया। वो एक फैक्ट्री में बहुत छोटी सी नौकरी करते थे।

उसकी एक दो साल बड़ी बहन, एक चार साल छोटा भाई, एक पांच साल छोटी बहन और उनकी मां का गुजारा उसी नौकरी में चलता था।

उनको अब भोजन जुटाना था।

उसने पढ़ाई का विचार त्याग कर एक छोटी सी नौकरी कर ली। परिवार का पेट भरने लगा। अपने छोटे भाई को उसने स्कूल में दोबारा पढ़ाना शुरू कर दिया।

उसकी एक बड़े से कॉलेज में एक सबसे छोटी नौकरी थी। वेतन था सिर्फ बारह हजार रुपए महीना। इसमें वो एक और लड़की के साथ कॉलेज के पास कमरा किराए पर लेकर रहती थी। अपना खाना पीना करती थी और अपने परिवार के बाकी चार सदस्यों का खयाल रखती थी।

इस साहसी लड़की से बात हुई तो उसने बताया की वो इसी कॉलेज से मानव संसाधन विषय में स्नातक करना चाहती है। परंतु फीस के पैसे उसके पास कभी नहीं हो पाएंगे।

हम सब ने तुरंत निर्णय लिया कि आज ही हम इस लड़की का एडमिशन इस कॉलेज में कराएंगे और मेहनत करके यह निश्चित करेंगे कि वो अगले तीन सालों में स्नातक बन कर बेहतर नौकरी पा जाए। प्रिंसिपल से भी बात हुई। प्रिंसिपल ने भी उसकी फीस कम कर दी और स्नातक होने पर उसको प्लेसमेंट करने का वचन लिख कर दिया।

ऐसा ही एक और परिवार का मामला था।

इस परिवार में सिर्फ दो लोग थे। एक साठ साल की नानी और उसकी पांच साल की धेवती।

बस दो लोग।

आय का साधन सिर्फ चार हज़ार रुपए महीने की पेंशन।

हम सब ने इस छोटी लड़की को निजी स्कूल में दाखिल करवाया और उसकी अन्य जरूरतों का भी स्थाई बंदोबस्त किया। शायद बड़ी होकर वो भी न सिर्फ अपनी अपितु दूसरे बच्चों की भी मदद कर सके। सबसे बड़ी बात उसके चेहरे पर मुस्कुराहट आ सके।

प्रभा की मुस्कुराहट की तरह। सदाबहार।

गांव के बच्चे साहसी थे, कुछ बनना चाहते थे। गरीबी से निकलने का साहस था।

बस बहुत थोड़े से सहारे की आवश्यकता थी।

अब प्रभा के चाहने वाले सब लोग उस गांव के बच्चों की मदद के लिए हमसे सहयोग करने लगे।

मैं समझ गया था कि यह छोटा सा बीज एक पेड़ बन कर भविष्य में गांव के कई जरूरतमंद बच्चों को छाया देगा। नई पीढ़ी पुरानी पीढ़ी की जगह लेगी।

यह सब कुछ प्रभा के जाने के तीन महीनो में ही काम करने लगा था।

गांव के लोगों का, विशेष तौर पर शिक्षकों का पूरा सहयोग मिलने लगा।

उस लड़की के जाने के बाद मैने एक नजर उस स्थान पर डाली जहां बाईस बरस पहले मैंने प्रभा को बैठने के लिए अपना रुमाल देना चाहा था।

वहां दो छोटी चिड़ियां दाना चुग रही थीं।

चमकीली धूप उनके पंखों को सहला रही थी।

"चोरी चोरी हम से तुम आकर मिले थे जिस जगह......

मुद्दतें गुज़रीं...

पर अब तक वो ठिकाना याद है।"

अब मैं तैयार हो रहा था अपनी खुद की जद्दोजहद के लिए।

यह सबसे कठिन काम था मेरे लिए। बच्चों और मां को अकेला घर छोड़ कर काम पर जाना।

अब प्रभा नहीं थी उनकी देखभाल के लिए।

यह काम भी अब मुझे पूरा करना था जब तक बच्चे बड़े नहीं हो जाते।

प्रभा का कोई भी काम मैं अधूरा कैसे छोड़ सकता था।

35. ऐसा देश है मेरा।

अगस्त 2021.

दिल्ली में कोरोनावायरस का डेल्टा वेरिएंट कम हो चुका था।

अप्रैल के शुरू से जुलाई के आखिर तक दिल्ली के कोरोनावायरस के कुल केस में 80% डेल्टा वेरिएंट था। अब अगस्त 2021 में दिल्ली में कम मामले थे डेल्टा वेरिएंट के क्यूंकि वो लाखों दिल्ली वासियों को प्रभावित करने के बाद यहां से चला गया था। भारत के किसी और राज्य में।

अब अगस्त 2021 में ही केरल राज्य में एक अगस्त से बीस अगस्त के मध्य में 4.6 लाख लोगों को इस वायरस ने प्रभावित किया। इसमें से 90% प्रभावित व्यक्तियों में डेल्टा वेरिएंट मिला।
उधर महाराष्ट्र में भी डेल्टा वेरिएंट अपने पंख फैला रहा था।

वायरस की तीसरी लहर की विशेषज्ञों को पूरी आशंका थी।
इस तीसरी लहर में बच्चों को सबसे अधिक खतरा बताया जा रहा था।
उधर इसी बीच अपनी राजनीतिक रोटियां सेकने के लिए दिल्ली के मुख्यमंत्री ने बच्चों के स्कूल खोल दिए थे।

हर राज्य की सरकार इन मामलों को कम कर के दिखाना चाहती थी। सभी राज्य स्वास्थ्य मंत्री अपने आंकड़ों को दुरुस्त रखना चाहते थे। इससे उन्हे राजनीतिक लाभ था।
परंतु इससे आम लोगों की जिंदगी बदतर होती जा रही थी।

कई राज्यों में चुनाव प्रक्रिया हो चुकी थी। बहुत से शिक्षको को चुनाव ड्यूटी पर जाकर अपनी जान से हाथ धोना पड़ा था।

नेता स्वस्थ थे वे अपना पूरा ध्यान रखते थे।

दिल्ली के 20 लाख से अधिक लोग जो झुग्गी झोपड़ी में रहते थे, उन्हे समय पर इलाज देने में सरकारी हस्पताल बिलकुल भी सक्षम नहीं थे।
बहुत से लोगों के पास खाना खाने को नहीं था तो वो हस्पताल पहुंचते भी कैसे।
किसी भी तरह के साधन या तो थे नहीं या ये लोग इन साधनों का व्यय वहन नहीं कर सकते थे। रोजगार तो वैसे ही साल भर से ठप थे। सिर्फ गिने चुने रोजगार के क्षेत्रों में काम चल रहा था।

राजनीतिक गतिविधियां अपने चरम पर थीं।
आर्थिक गतिविधियों को बचाए रखने के लिए सरकार कोरोना से लोगों का ध्यान हटाए रखना चाहती थी। वास्तव में देखा जाए तो शायद ये तृतीय विश्व युद्ध से अधिक खराब स्थिति थी।

इस दूसरी लहर ने दिल्ली और आसपास के क्षेत्र में भयंकर तबाही मचाई थी।
अप्रैल, मई और जून 2021 के तीन महीने सबसे अधिक प्राण घातक थे इस महामारी के।

(Half of all Covid deaths in India took place in April-May, shows government data.

Four out of 10 deaths in India during April and May 2021 came from Maharashtra, Karnataka and Delhi, the three states that recorded the highest deaths in this period.

Experts said the second wave signs were visible in March when deaths started rising.)

(Source: Hindustantimes.com dated 25 July 2021)

टोक्यो ओलंपिक में भारत के एक गोल्ड ने सारे मीडिया का ध्यान महामारी से हटा कर अपनी तरफ कर लिया था। उधर अफगानिस्तान पर तालिबान के कब्जे वाली खबर सबसे अधिक दर्शक बटोर रही थी।

विशेषज्ञ तीसरी लहर से बचने की योजना बना रहे थे।

आम जनता अपना पेट भरने के लिए डरती डरती रोटी कमाने निकल चुकी थी।

तीन सितंबर, 2021 तक भारत में आधिकारिक रूप से 4.4 करोड़ लोग कोरोनावायरस से प्रभावित हुए थे और 3.4 लाख मौतें हुईं।

पर सरकारी आंकड़े तो सरकारी आंकड़े ही होते हैं। अनाधिकारिक अनुमानों के अनुसार भारत में 20 करोड़ लोग वायरस की चपेट में आए और उससे पैदा हुई शारीरिक कठिनाइयों के कारण 30 लाख से ज्यादा मौतें हुईं।

36. तुम मुझे यूं भुला ना पाओगे।

"तुझ बिन जोगन मेरी रातें...
तुझ बिन मेरे दिन बंजारे..
मेरा जीवन..
जलती भूमि...
बुझे बुझे मेरे सपने सारे।"

प्रभा को गए तीन महीने बीत गए।
मैं जीवित रहा।

डॉक्टर के पास गया। पूरी स्वास्थ्य जांच कराई।
अभी जिम्मेदारियां बढ़ गई थी।
दिल का मामला गड़बड़ था।
वो तो होना ही था।
कोई क्षण, कोई मंजर ऐसा नहीं था जो प्रभा की याद न दिलाता हो।
अकेली जगह जाने पर मेरी स्थिति काबू से बाहर हो जाती थी।
वो चाहे लिफ्ट हो या कार।
डॉक्टर ने कुछ महीनों की दवाई दे दी।
लेकिन दवा सिर्फ जिंदा रखने के लिए होती है।
जिंदगी जीने के लिए नहीं।
जिंदगी का अमृत अब सदा के लिए गुम हो गया था।

गाने सुनते ही अब डर लगता था।
सब गानों के मायने बदल चुके थे।

मैं संगीत से दूर भागने लगा था।

आंखें अधिक रोने के कारण कमज़ोर हो गई थीं।

प्रभा के बाद सैकड़ों लोग शोक व्यक्त करने के लिए घर आ रहे थे।

सब के पास उसकी उनके साथ कभी न कभी की गई भलाइयों की कोई न कोई कहानी थी।

एक कहानी ने तो मुझे भी चौंका दिया।

यह बात मैं भी नहीं जानता था आज तक।

जब बड़ी बेटी नंदिनी पैदा हुई 2004 में तब प्रभा के साथ एक अंजान महिला उसी प्रसूति कक्ष में भर्ती थी। दोनो की डॉक्टर एक ही थी और दोनो ही एक साथ प्रसव पीड़ा में थीं।

पहले नंदिनी का जन्म हुआ।

बच्चे को जन्म देना किसी भी मां के लिए दूसरा जन्म लेना होता है।

अभी डॉक्टर प्रभा की चिकित्सा कर ही रही थी कि दो सेकंड के अंदर ही दूसरी अंजान महिला चिल्लाने लगी। उसका भी प्रसव का समय हो गया था।

इतनी तकलीफ में भी प्रभा अपना दर्द छुपा कर डॉक्टर से बोली,

"पहले आप इनकी डिलीवरी करा दीजिए। मेरी चिकित्सा थोड़ी देर बाद पूरी कर देना।"

डॉक्टर भी चकित थी।

उसने प्रभा का सिर थपथपाया और उस अनजान महिला की डिलीवरी कराने लगी।

उस महिला ने एक मिनिट बाद ही एक पुत्र को जन्म दिया।

बाद में हम सब हस्पताल में बात करते करते एक दूसरे के पारिवारिक मित्र बन गए।

सत्रह साल से हम मित्र थे। उस महिला के पति भी इतने सालों से मेरे अच्छे मित्र थे।

पर यह बात प्रभा और अब उसकी मित्र बन चुकी उस महिला के बीच ही रही।

अब प्रभा के जाने के बाद उसने रोते हुए यह बात सब को बताई।

मैं जानता था प्रभा ने इंसानियत का पाठ मुझसे हजार गुना अधिक पढ़ा हुआ था।

मैं जानता था मैने क्या खो दिया है।

"चलती है लहरा के पवन,
के साँस सभी की चलती रहे......
लोगों ने त्याग दिये जीवन,
के प्रीत दिलों में पलती रहे......
दिल वो दिल है जो औरों को....
अपनी धड़कन देता है।"

फिर एक दिन प्रभा आई।
मैं अपने घर में सोफे पर बैठा हुआ था।
प्रभा को देख कर मैं चौंक गया।
उसके हाथ में बड़ा सा सब्जी चलाने का चमचा था।
उसने मुस्कुरा कर मजाक में मुझे चमचे से डराना चाहा।
वो अपने सदाबहार अंदाज में हंसती हुई बोली,
"मारूं क्या?"
मैं सोफे से उठ गया।
कहा, "यार अब मेरे अंदर बचा ही क्या है।"
उसकी आंखें एकदम से भर आईं।
मेरी आंखें भी गीली थीं।

उसने मेरा हाथ पकड़ा। बोली,
"चलो अब खाना खा लो। तुम्हे मैं स्वस्थ देखना चाहती हूं।"
मैं उसके पीछे चल पड़ा।

लेकिन मैंने देखा कि मैं और प्रभा रसोई की तरफ जा रहे हैं। मैं वहीं खड़ा हूं।
मैं उन्हें जाते हुए देख रहा था।
मेरी आंख खुल गई।
फिर बंद नहीं हुई।
बाहर ज़ोर की बरसात हो रही थी।
मानसून दिल्ली में आ चुका था।
अंदर तो तूफान था ही।

"जब हम ना होंगे...
जब हमारी खाक पे तुम रुकोगे चलते चलते...
अश्कों से भीगी चाँदनी में..
एक सदा सी सुनोगे चलते चलते...
वही पे कही हम तुम से मिलेंगे..
बन के कली.."

उपसंहार:

गढ़मुक्तेश्वर में सनातन गंगा वैसे ही निरंतर बह रही थी जैसे वो हजारों सालों से बहती आई थी।

उत्तर प्रदेश के गांव में हरे भरे खेतों में हवा की सरसराहट वैसे ही थी जैसे हर साल सावन में होती है।

प्रभा के गांव के घर के आंगन में दो नई चिड़ियां दाना चुगने आ गईं थीं।

दिल्ली की सड़कों पर ट्रैफिक जाम था। रोड रेज की घटनाएं अब अधिक बढ़ गईं थीं।

इन सब में कई सवाल अनुत्तरित भी रह गए थे।
कुछ सवालों के उत्तर शीघ्र मिलने वाले थे जैसे, मां के मकान का कोर्ट द्वारा वापिस मां को मिलना।
कुछ सवालों के उत्तर अभी हजारों साल दूर थे जैसे, भगवान का अकाउंटेंट होना या ना होना।
कुछ सवाल ऐसे भी थे जिनके उत्तर अब कभी नहीं मिलने वाले थे जैसे, प्रभा ने जाने से पहले मेरे बारे में क्या सोचा होगा। क्या मैं प्रभा से ऊपर मिल पाऊंगा?

उधर केरल में अभी भी इन पंक्तियों के लिखे जाने तक हजारों लोग प्रतिदिन कोरोनावायरस से प्रभावित हो रहे थे। सैकड़ों मर रहे थे।

देश के चिकित्सा वैज्ञानिक और राजनेता तीसरी लहर के प्रबंधन की नीतियां बनाने में लगे हुए थे।

मैं आज फिर प्रभा के गांव जा रहा था संस्था के काम से।

एक और छोटी सी बच्ची और उसकी अपाहिज मां से मिलने।

मैं कार चला रहा था। मेरे साथ वाली सीट पर जहां प्रभा बैठा करती थी,आज नंदिनी बैठी हुई थी। पिछली सीट पर स्वास्तिका बैठी थी।

सड़क पर साइन बोर्ड आ जा रहे थे।

एक जगह वही टूटा फूटा ढाबा आया जिसपर लिखा था "रेडिसन ग्रीन"!

मैं चुप था। प्रभा की मीठी हंसी मेरे कानों में गूंजने लगी।

तभी नंदिनी ने मेरी तरफ देखा। हम दोनो एक दूसरे को देखते हुए फीकी हंसी हंस दिए।

फिर कार में एकदम चुप्पी छा गई।

स्वास्तिका कार की पिछली खिड़की से हरे भरे खेतों पर पड़ती सूरज की चमकती किरणों को देख कर कुछ सोच रही थी।

पिछले बाईस सालों में पृथ्वी सूरज के इतने ही चक्कर लगा चुकी थी। अब सूरज ढल रहा था। शाम होने वाली थी। आज हम तीनों को गांव में ही रुकना था।

www.ingramcontent.com/pod-product-compliance
Lightning Source LLC
LaVergne TN
LVHW100030051026
849525LV00001B/29
* 9 7 9 8 8 9 5 4 4 3 5 5 2 *